看世界

去北美

北美洲——地球另一面的北半球。
现代文明与原始古朴并存的多彩社会！
自然风光与**人文景观共生的璀璨世界**！

王喜民 著

Go to North America

当代世界出版社
THE CONTEMPORARY WORLD PRESS

图书在版编目（CIP）数据

去北美 / 王喜民著. -- 北京：当代世界出版社，2017.8

ISBN 978-7-5090-1231-4

Ⅰ. ①去… Ⅱ. ①王… Ⅲ. ①游记－作品集－中国－当代 Ⅳ. ①I267.4

中国版本图书馆CIP数据核字(2017)第151116号

去北美

作　　者：	王喜民
出版发行：	当代世界出版社
地　　址：	北京市复兴路4号（100860）
网　　址：	http://www.worldpress.org.cn
编务电话：	（010）83908456
发行电话：	（010）83908409
	（010）83908377
	（010）83908423（邮购）
	（010）83908410（传真）
经　　销：	新华书店
印　　刷：	北京华联印刷有限公司
开　　本：	710×1000毫米 1/16
印　　张：	19.5
字　　数：	215千字
版　　次：	2017年8月第1版
印　　次：	2017年8月第1版
书　　号：	ISBN 978-7-5090-1231-4
定　　价：	68.00元

如发现印装质量问题，请与承印厂联系调换。
版权所有，翻印必究；未经许可，不得转载！

前言 Preface

北美洲，拥有诸多世界之最——

世界最大的岛屿格陵兰岛，世界移动速度最快的冰川格陵兰大冰川，世界最著名的三大瀑布之一尼亚加拉大瀑布，世界最长山系科迪勒拉山系，世界最大断沟科罗拉多大峡谷，世界最大的淡水湖苏必利尔湖，世界最大的活火山冒纳罗亚火山，世界最长的洞穴猛犸洞，世界最长的公路泛美公路，世界湖泊面积最大的国家加拿大，世界沿岸国最多的海加勒比海，世界最大的淡水湖群安大略湖等5大湖泊，世界最大最圆的海上洞穴伯利兹大蓝洞，世界生物种类最丰富最密集之地哥斯达黎加自然保护区，世界最长的蒙特沃德热带雨林吊桥，世界"桥梁"之最巴拿马运河，世界独一无二最丑陋的湖特立尼达岛沥青湖。

北美洲，大自然造化了极致的自然风光——

当您走进格陵兰岛，那是冰封千里、雪飘漫漫的白色冰雪世界；当您步入莽莽无边的枫叶林，那是层林尽染的"枫树之国"加拿大；当您面对汹涌澎湃、气势磅礴的尼亚加拉大瀑布，顿时会有"黄河之水天上来""飞流直下三千尺"的感觉；当您沿着滔滔的科罗拉多河边，凝望河谷中的悬崖峭壁之时，一定会感到震撼惊叹！当您行走在"仙人掌之国"墨西哥，您会看到万万千千的"生命之树"，它是墨西哥民族坚强不屈、坚韧不拔的象征！站在连接南、北美洲的地峡上可以看到世界上罕见的云雾森林那如梦似幻的景色。您倘若走进加勒比海，那令人窒息的地球上绝美的海岛风光，定会让您折服于万千诡异的海岛世界！北美洲还有北极圈的极地风光、世界十大地质奇迹、世界十大最迷人的森林、世界十大美丽海滩、世界十大生态旅游胜地等等，这些都是大自然的恩赐！

北美洲，绚丽斑斓、异彩纷呈的人文景观——

北美洲是玛雅文化的摇篮、发祥地，它与印加文明、阿兹特克文明并列为美洲三大文明。玛雅遗址成了北美洲历史遗迹的精华，诸如有世界新七大奇迹之称的奇钦伊察玛雅遗址、被评为世界自然和文化双遗产的蒂卡尔玛雅遗址、科潘玛雅遗址、霍亚德塞伦玛雅人古村落等等，都很有看点。北美洲有众多的古城遗址，圣乔治古城、魁北克古城、墨西哥古城、萨卡特卡斯古城、莱昂古城、哈瓦那古城、圣多明各古城、布里奇顿古城等等，都被列入世界文化遗产。北美洲不仅古城多，现代化大都市在世界上也赫赫有名，如多伦多、纽约、华盛顿、洛杉矶等。现代化建筑抢占世界之林，如加拿大大厦、美国国会大厦、五角大楼、帝国大厦、联合国总部大楼等等。著名的人文景观还有加拿大的国际主义战士白求恩故居、美国华盛顿纪念碑、自由女神像、好莱坞影城、胜利之吻雕像、墨西哥太阳和月亮金字塔、巴拿马运河、哈瓦那马蒂纪念碑、海地角古堡、多米尼克哥伦布纪念灯塔、美女岛马提尼克女士约瑟芬雕像、特立尼达岛世界最大的环形广场等。海盗成为加勒比海历史的产物，昔日的海盗船、海盗老巢、海盗洞穴，成了当今一大独特的景观，吸引人们去探秘海盗生活、窥视海盗文化、走进海盗世界。北美洲众多的人文景观令世人垂涎，数十处被列为世界文化遗产。

北美洲，悬而未破的不解之谜——

玛雅人的历法，早在公元前就能精确计算地球运行轨迹，如一年的天数、春分秋分乃至太阳纪，甚至预言地球末日。然而玛雅人一夜

前言

之间销声匿迹，无影无踪。究竟是战争、疾病，还是残杀？因为没有文字记载，至今议论纷纷，解释不一，还是一个谜团。尼加拉瓜卡华林卡石坑中的岩石脚印，一直没有破解，到底何年、何月、何人、何因所至，没有一个科学的令人信服的答案。百慕大海域的"魔鬼三角"被称为死亡之地的传闻没有人说得清楚，也是一个谜团，等待后人破解！伯利兹海域的珊瑚礁岩洞奇妙的自然奇观，有些人断言也只是一个侧面，有待科学家进一步研究。还有间歇喷泉的定时吐泻、云雾森林生物链的消失、中美洲地峡的形成等等，给后人留下众多悬念，却没有揭开真正的神秘面纱……

北美洲，多姿多彩的万千世界——

移民和原住民形成的北美洲特色汇集了肤色各异的人种，孕育了多元化社会，出现了多种族并存的现象。土著文化、玛雅文明，印第安人习俗、阿兹特克人风情，加上现代人的时尚气息，交织在一起，有欧洲的典雅、非洲的狂野、亚洲的温润，形成一个多样化的世界，呈现出色彩斑斓的各种文化共存之地。这里有呼拉舞、爵士乐、萨尔萨舞、迪斯尼音乐、雷吉音乐、钢鼓乐等；有玉米节、狂欢节、感恩节、情人节、大斋节、海盗节等；有龙舌兰酒、朗姆酒、雪茄烟、仙人掌菜、肉豆蔻香料、蓝山咖啡等。既具现代大都市的繁华，也有殖民时代小城镇的宁静。

北美洲——这是一个风情万种的世界……

北美洲——这是一片诡异奇妙的天地……

作者：王喜民

2017年6月1日

去 | 北 | 美　Go to North America

目录 Contents

第一章　北美金三角：捷足先登之岛

度假之岛夏威夷（美）……………………………… 010
神秘之岛百慕大（英）……………………………… 017
冰雪之岛格陵兰（丹）……………………………… 022

第二章　加拿大：枫树之国

加拿大最大城市多伦多 …………………………… 032
尼亚加拉大瀑布 …………………………………… 037
白求恩故乡行 ……………………………………… 041
严寒之首都渥太华 ………………………………… 046
蒙特利尔的华人圈 ………………………………… 050
历史名城魁北克 …………………………………… 055
绿染温哥华 ………………………………………… 061

目 录

第三章　美国：世界超级大国

华盛顿速描 ······ 068
美国人的圣地费城 ······ 074
世界之都纽约 ······ 078
去布法罗瀑布城 ······ 087
荒漠中的赌城拉斯维加斯 ······ 090
走进科罗拉多大峡谷 ······ 096
阳光之城洛杉矶 ······ 102
美哉黄石公园 ······ 109
华人集结地旧金山 ······ 114
军港之城圣迭戈 ······ 119

第四章　墨西哥：众多的世界级历史遗迹

边关之城蒂华纳 ······ 126
墨西哥首都墨西哥城 ······ 131
攀登太阳金字塔、月亮金字塔 ······ 139
古城梅里达 ······ 145
踏访塞莱斯通渔村 ······ 148
揭秘乌斯马尔玛雅遗址 ······ 153
世界新七大奇迹奇钦伊察 ······ 159
蛇窝之地坎昆 ······ 164

005

去|北|美 | Go to North America

第五章 中美洲：坐落在地峡上的国家

伯利兹大蓝洞 …………………………… 172

危地马拉蒂卡尔玛雅遗址 ………………… 178

萨尔瓦多玛雅人古村落遗址 ……………… 184

从洪都拉斯科潘到首都特古西加尔巴 …… 188

尼加拉瓜旧都莱昂与新都马那瓜 ………… 196

哥斯达黎加的云雾森林 …………………… 201

巴拿马运河 ………………………………… 206

第六章 加勒比海：神秘莫测的海岛世界

美丽的哈瓦那 ……………………………… 218

牙买加，雷吉音乐发祥地 ………………… 225

海盗集聚之地巴哈马 ……………………… 230

海地的古堡群 ……………………………… 237

历史遗迹众多的多米尼加 ………………… 244

双岛之国圣基茨和尼维斯 ………………… 252

探访安提瓜和巴布达 ……………………… 259

多米尼克岛上的沸腾湖 …………………… 265

| 目 录

圣文森特和格林纳丁斯 …………………… 272
火山之国圣卢西亚 ………………………… 276
"长胡子"岛巴巴多斯 …………………… 282
在格林纳达岛看肉豆蔻 …………………… 288
在特立尼达岛探寻沥青湖 ………………… 294
后记 …………………………………………… 303

北美洲示意图

亚洲
格陵兰（丹）
美国
加拿大
夏威夷群岛（美）
美国
百慕大（英）
大西洋
太平洋
墨西哥
伯利兹
洪都拉斯
加勒比海诸岛国
危地马拉
萨尔瓦多
尼加拉瓜
哥斯达黎加
巴拿马
南美洲

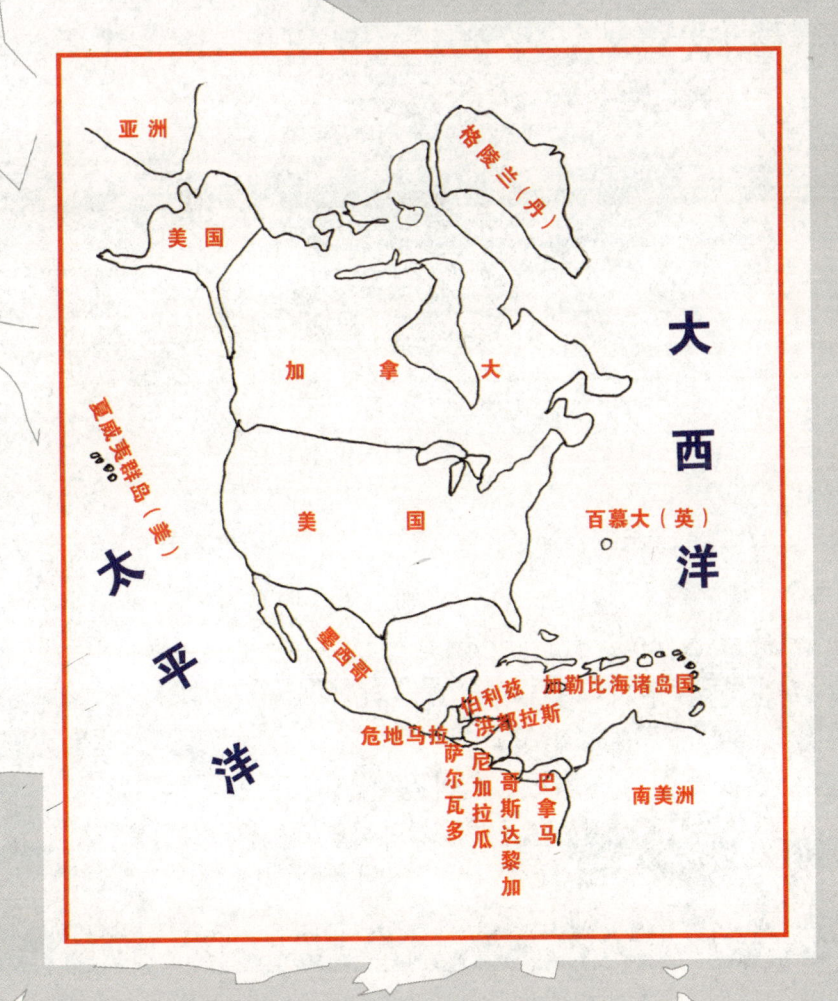

去│北│美 | Go to North America

> 第一章　北美金三角：捷足先登之岛

1 北美金三角
捷足先登之岛

湛蓝的天空，茫茫的大海，无际的云朵……

飞机悬挂在太平洋上空，穿云破雾，疾飞翱翔……

向着地球的另一面，向着世界第三大洲——北美洲进发……

北美洲！一个神奇的、奥秘的、远离我们的洲际，充满着活力生机。它包含伸进北极圈的加拿大、美国、墨西哥和中美洲地区及靠近赤道的加勒比诸国，共 23 个独立国家和 16 个地区。

去北美洲，一般先到夏威夷。夏威夷是度假之地，非常美丽，为世界著名的旅游胜地；百慕大神秘诡异，充满惊奇；格陵兰的冰山极为罕见，是一个童话世界……

度假之岛夏威夷（美）

蓝天、白云、大海。

大海、蓝天、白云。

飞机从首都机场起飞，行进在浩渺无际的太平洋。

经过十个多小时的飞行，从机窗外俯瞰，依稀可见夏威夷群岛。

夏威夷群岛散落在2500公里长的湛蓝色海面上，共有130多个岛，其中8个大岛，依次为夏威夷、茂宜、瓦胡、可爱、尼豪、莫洛凯、拉纳和卡霍奥拉韦岛。其纬度与墨西哥城、海口、加尔各答在同一纬线上，即北纬20度。

飞机徐徐降落在夏威夷群岛第三大岛瓦胡岛，走出机舱，顿感天气凉爽怡人，温度26度。登上汽车后，接待我的田先生首先伸出大拇指和小指大声喊："阿啰哈！"我被这一莫名其妙的呼叫惊呆，之后田先生说："这是夏威夷土著波利尼西亚语的欢迎词，也是最常用的一句话，是'你好、欢迎、爱'的意思。"田先生接着说，"'夏威夷'三个字同样出自波利尼西亚语，意思是'原始之家'。夏威夷群岛是世界著名的旅游胜地，其中

第一章 北美金三角：捷足先登之岛

○ 夏威夷海滨楼群

的毛依岛和考爱岛2013年排名世界上最受欢迎的岛屿第一、第二位。"

汽车穿行在棕榈树和菠萝树之间，田先生介绍，夏威夷是一个梦幻的群岛，被称为"度假之岛"。这里有火山、沙滩、丛林、海浪，四季如春、阳光灿烂、空气清新、百花斗艳，是世界上最佳的休憩、旅游、养生之地。那么，是谁发现了这一风景胜地呢？

公元4世纪前，一批波利尼西亚人乘独木舟闯入这里，成为最早的居民。1778年著名航海家库克船长登上这里，夏威夷群岛才广为世人所知。1795年，波利尼西亚人酋长卡梅哈梅哈一世征服大部分岛屿，建立夏威夷王国。1898年，夏威夷被美国占领，1959年成为美国第50个州。

约有十分钟车程，来到位于瓦胡岛南岸中部的珍珠港。因为二战时期日本的偷袭，珍珠港事件成为震撼世界的历史事件。我进入珍珠港

● 夏威夷珍珠港

大门之后，首先观看了当年日本轰炸港湾的新闻纪录片。那是 1941 年 12 月 7 日清晨，日本 180 多架战机由太平洋基地航空母舰起飞，从珍珠港背后瓦胡岛的北岸悄悄超低飞行，穿过山口直达珍珠港狂轰滥炸，停留在港内的美国太平洋舰队成为一片火海。空袭造成美军战舰下沉，2400 多名官兵阵亡，几乎全军覆灭。

● 遇难者纪念堂

随后，我登上一艘舰艇，参观当年被击沉的战船现场。舰艇在珍珠港湾行驶，美国年轻的海军女兵声音低沉地向寻访者讲述当年的轰

> 第一章　北美金三角：捷足先登之岛

炸情况及沉船的地点方位。经过一段航行，舰艇停靠在一处长方形顶部中间向下弯曲的白色建筑前，这就是为珍珠港事件遇难者而修建的纪念堂。我走进去，看到一端石墙上镌刻着殉难者的名字，从纪念堂廊柱向外望去，依稀可见海水中沉没的军舰，那里至今还有一千多具尸体无法打捞。

出珍珠港，沿瓦胡岛南岸开始环岛行，浏览瓦胡岛的全貌。尽管只是夏威夷第三大岛，但瓦胡岛是夏威夷首府檀香山市所在地。檀香山因为产一种檀木而得名。檀香山市也坐落在瓦胡岛的南岸，不过距离珍珠港还有一大段路程。

沿着海湾大道东行，一侧是错落有致的房屋，一侧为湛蓝宁静的大海，路两旁高大的椰树与榕树随风轻摇，好像在欢迎远道而来的游客。

半个多小时车程后，眼前出现林立的高楼大厦，檀香山市到了。街道洁净得一尘不染，道路两旁皆是开着花儿的树，色彩艳丽，异常清新烂漫。檀香山市区长12英里，人口100万，亚裔占58%。

● 檀香山主街道及地标大楼

● 夏威夷州议会会堂

在市区，我考察了浅黄色的州议会会堂、白色的州长官邸，观看了美国领土上唯一的皇宫——依奥拉尼皇宫，仰视了高大的披着金黄色外袍的卡梅哈梅哈国王铜像。我还特意来到唐人街孙中山铜像前凭吊。1894年，孙中山就是在这里成立了兴中会，成为中国革命者的海外活动基地。

城市海滩是檀香山的一大看点，也是最诱人的地方。穿过大片绿地棕林，来到海边，沙滩上躺满了仅着泳衣的男男女女，连下脚的地方都没有，成为名副其实的"人肉"沙滩。檀香山沿市海边皆是沙滩，威基基海滩最为壮美，世界闻名。此外，波利尼西亚文化中心及市区地标大楼阿罗哈大楼也值得一看。

行至钻石山脚下，山峰巍然屹立于此。钻石山是瓦胡岛的地标，由火山喷发形成，当年库克船长途经此地看到火山上冒出的蓝光很像钻石，故此得名。

绕过钻石山，沿海滨大道前行，两边是造型各异的海景房住宅，据说价值不菲。行进过程中，司机有意把车速放缓，让我观看当年张学良在此住过的房宅。张学良的宅院坐落在马路右侧，房屋精致，院落很大。据悉，张学良故居已被儿子卖掉，现已成为他人的居所。张学良去世后葬于瓦胡岛北岸，背对珍珠港，设

● 张学良曾经住过的房宅隐藏在绿树丛中

第一章　北美金三角：捷足先登之岛

有张学良墓陵。

汽车向东北方向行驶，眼前突然出现一个恐龙形状的海岸线，一直伸向大海，这里即是著名的恐龙湾。我下车参观，感受恐龙湾的魅力。这里的海浪、岩岸及沙滩，把岛屿的轮廓雕琢得千奇百怪，海底的礁石忽隐忽现，世界著名的珊瑚就出自此地。这里还有火山熔岩形成的天然岸洞，因为海浪的冲击成为"喷泉洞"。

汽车又过一个山头驶向瓦胡岛的北岸，这里仍然有美景入目，如海中的岛屿，有的像兔，有的像龟，有的像鸟，凭你去想象……

从瓦胡岛北岸，我乘坐汽车钻进一片丛林。据司机介绍，这是岛上的热带雨林，之中有多种名贵植物和动物，但没有蛇，主要因为这里是火山喷发形成，蛇最怕的是火山岩石中的硫磺。足足穿行丛林半个小时，

去|北|美 Go to North America

汽车爬上山巅的一个大风口，一下车顿感气温下降。这时突然大风骤起，我冒着浓雾密雨，居高临下，俯瞰远处的海水、村落、丛林，别有一番情趣。

环岛行沿瓦胡岛转了一大圈，最后回到檀香山市区已近傍晚，我又登上"爱之船"出海，远距离眺望夏威夷宁静的海岛、檀香山林立的高楼、太平洋灿烂的落日，别样风情印入心怀。

我还有幸观看到船上的草裙舞表演。望着那随韵律扭动的腿臀、晃动的手臂，以及头戴的叶环、身穿的草裙和耀眼的胸花，真叫人入痴入迷，特别是吉他伴奏下的音乐和"阿啰哈"的呼喊，久久在太平洋上空回旋、游荡……

夏威夷之夜，是这样的美丽动人……

夏威夷之海，是这般的奇妙醉人……

● 夏威夷岛上原住民波利尼西亚人在大街上向过客展示漂亮的服装

第一章 北美金三角：捷足先登之岛

神秘之岛百慕大（英）

飞机在高空翱翔……

跨越漫漫的大西洋……

穿过厚厚的云层………

机体终于安全降落在百慕大国际机场，我总算松了一口气，紧张的心情一下子平静了下来！百慕大！百慕大！被称为"神秘之岛"的百慕大，不安全的传闻太多了：1605年，英国一只船途经百慕大海域撞到了岩礁上；葡萄牙一艘船经百慕大海域被挤进海底岩石中；圣多明各一条船途经这里失去了航向……尤其是百慕大"魔鬼三角"的传闻更为耸人听闻：美国19飞行队1945年在此飞行突然失踪；1981年英国一艘游船突然失踪不见踪影；1994年菲律宾一架飞机突然在雷达屏幕上消失……据悉，在这个海域已有数以百计的船只和飞机失事，数以千计的人在此丧生……

去百慕大，确实需要勇气、胆识！

百慕大岛是一个神秘的海岛。它不像其他岛屿，或圆、或长，而

● 从飞机上俯视百慕大是一个很不规则、支离破碎又很神秘的岛屿（任铁良 摄）

是一个非常不规则的岛，外形像一具虎钳，张着大嘴虎视眈眈；整体结构支离破碎，像一张撕烂的纸拼在一起，十分凌乱。

据向导介绍，百慕大面积53平方公里，人口6.7万，首府为哈密尔顿，人口4600人。追溯百慕大的历史，原来它是个无人小岛，1503年西班牙探险家胡安·百慕大首先发现了它，并用自己的名字命名该岛，同年西班牙把该岛加进航海图。后来西班牙把百慕大作为船只的补给站使用。1609年英国人乔治·萨默斯率船在前往新殖民地弗吉尼亚途中遭遇海难，便停靠在百慕大。1612年英国人开始向百慕大移民，1684年英国占领该岛并设立总督。它是英联邦中最早的殖民地，目前是避税天堂、金融中心。至于飞机和轮船在百慕大海域失踪和失事之说，尤其是"魔鬼三角"的传闻，陪同的向导说："这是一个谜，说法不一，解释不同，有说磁场，有说海底黑洞，有说气流异常，还有全盘否定的，谁都没有真正揭开百慕大神秘的面纱。但有一条可以肯定，依照现代的

> 第一章　北美金三角：捷足先登之岛

科学技术，客机是不会有问题的，想到百慕大观光者，尽管大胆放心来吧！"

驱车来到首府哈密尔顿，发现这是个很小的城镇，只有一条主要街道。沿街而行，免税店、咖啡厅、银行、餐馆等商铺一个接着一个，红火而热闹。首府哈密尔顿是1815年从圣乔治搬迁而来，所以这里的建筑大都是那个时期建造的，如内阁大厦、议会大楼、钟楼、哈密尔顿堡、圣三一大教堂等，都已有200年历史。帕拉毕莱公园是威廉佩罗于1850年建造的，也是古建筑群体。

若想造访更古老的建筑，那就要去圣乔治城了，因为它是百慕大最初的首府。圣乔治作为英国第二大殖民地城市和初期的都城，现已成为历史遗迹。

我来到圣乔治这座始建于1612年的古城，首先参观了国王广场。

● 百慕大首府哈密尔顿的欧式建筑

去|北|美 Go to North America

古堡垒全貌

广场上的大炮

百慕大岛上最古老的船

国王广场周围的市政厅、总督官邸及一些老建筑都是早期建造的。广场上放置的大炮年代也已久远。距广场不远处的圣乔治历史博物馆是18世纪初期的老房子，费瑟贝德巷印刷厂是17世纪所盖。1619年始建的圣彼德教堂是西半球最古老的教堂，尽管已过去几个世纪，但仍然不失当年的宏伟。圣凯瑟琳堡的建造历史要追溯到1614年，当时英国人刚刚在这里站稳脚。百慕大共有16座堡垒，圣凯瑟琳堡是其中最早建造的一个。

在百慕大，最值得一看的是1609年英国乔治·萨默斯船长登陆的船。这只"释放"号木船已在此停靠400多年，成了露天博物馆。看上去，这只船依然气势恢宏，浩气冲天，让踏访者为之惊叹！

1609年，乔治·萨默斯船长带领130多名移民途经百慕大海域时遇到飓风海浪，乔治·萨默斯船长为了避免航船沉入海中，艰难地将船

第一章　北美金三角：捷足先登之岛

停靠在这片海岸，也就是现在的停靠点，全船人因此得救。百慕大在圣乔治城建造了萨默斯花园，还修建了纪念碑，永远纪念这位英勇的船长。

圣乔治，这座保存完好的古城，于2000年被联合国教科文组织列为世界文化遗产，对其评价是：至今仍保留着英国殖民时期的老建筑！

百慕大岛，神秘笼罩的传奇！

圣乔治城，古老建筑的典范！

1、百慕大岛上的世界文化遗产标识
2、百慕大地标钟楼
3、耸立云天的灯塔
4、被保留下来的房子已成为历史遗迹

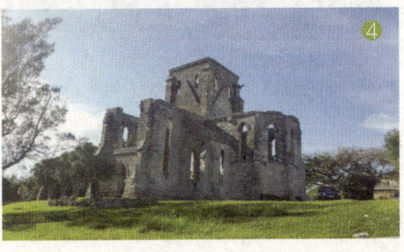

021

冰雪之岛格陵兰（丹）

飞机继续在大西洋上空飞行……

机窗外，时而白云飞渡，时而晴空万里。

机体在下降、下降，滑行、滑行……

从机舱向外眺望，一片白茫茫的原野。

这就是格陵兰，传说中的"冰雪之岛"！

一声震动，飞机着陆了，停在格陵兰首府努克机场。努克在格陵兰语中意为"海岬"。

走出机仓，完全进入一个冰雪世界，一个白色世界，一个童话世界！抬头是蓝天，埋首是雪地，蓝白在天地尽头连成一线，至纯至净，涌出无限诗情画意！

正当倾心欣赏这个冰雪覆盖的世界时，忽然一阵狂风吹来，夹杂着雪片、冰块，骤感寒气刺骨、冰花袭人，冷得让人无法忍受，赶紧跑进候机厅避寒。

这就是格陵兰，一个冰雪的世界！

● 格陵兰岛被千千万万冰山包围，这里有世界上移动速度最快的冰川

● 冰山

　　接待我的是一位当地因纽特人，名叫扉利巴克。在通向努克小镇的路上，他边走边介绍格陵兰的情况，一口流利的英语让我倍加赞叹！

　　首府努克，丹麦人称戈特霍布，小镇仅有1.2万人，占全岛总人数的五分之一。这里本是一片荒无人烟的白色原野，公元前1000多年前，加拿大北部的因纽特人移居此岛，以打渔、打猎为主。公元982年，北欧人埃里克从冰岛划船航行寻找新大陆，发现了这个岛屿。登陆后，他看到岸上绿油油的鲜苔和嫩草，于是起名"格陵兰"，意思是"绿色的土地"。这个"绿色"的名字传出以后，陆续有人前来，但其实这里

去|北|美 | Go to North America

并不是"绿色"，只有在夏季，海岸边才有一些绿色植物。实际上，格陵兰是全球最不适于人类居住的地方之一。该岛是世界上最大的岛屿，形成于38亿年前，面积达216.6万平方公里，全岛五分之四地区处于北极圈内，84%的陆地被冰雪覆盖，成为除南极之外的世界第二大冰原，为地球上仅次于南极的第二个"寒极"，平均温度零度以下，最低为零下70度。格陵兰岛储存了世界上30%的淡水。有人曾计算过，如果格陵兰岛的冰雪消融，将使全球的海平面上升，淹没数以万计的城市。

努克镇实在太小了，一眼望去，低矮的房屋建在一片空旷的雪地上，四周是冰山雪峰，看起来非常孤独荒凉。透过街中的红房子，依稀看到一点生机，路边的小狗摇着尾巴跑来跑去，展示着生命的迹象。

下榻的宾馆是一幢二层小楼，小巧玲珑非常别致。住下后赶紧进餐，缓解饥饿下的寒冷。这是一个很小的宾馆，没有几张桌子。老板把饭菜端上来，多是鱼肉：黄鱼、煮鱼、烤鱼、炸鱼，还有鲸鱼肉、鹿肉，另有一盘野菜即野草莓和黄春菊。这些可都是没有任何污染、纯绿色的、天然的食物，赶紧大快朵颐。

饭间，据老板介绍，这里主要居住着因纽特人，还有一部分北欧人及混血人。因纽特人又称爱斯基摩人，是北极地区的土著民族，大

● 因纽特人热情迎接来客

第一章　北美金三角：捷足先登之岛

都生活在北极周围。因纽特人是地道黄种人，祖先来自中国北方，大约一万年前从亚洲渡过白令海峡到达美洲，主要分布在北美洲北部一带地区。他们与印第安人不同之处是更具有亚洲人的特征，尤其是相同的文化特色。因为因纽特人喜欢吃生肉，印第安人称因纽特人为"吃生肉的人"。因纽特是一个强悍、顽强、勇敢的民族。

镇里有卫生所、超市、邮局、学校、酒店、教堂，一切物资均来源于丹麦。格陵兰最早为挪威殖民地，从1380年改为丹麦管辖，1953年丹麦宪法规定格陵兰为丹麦的一部分，1979年格陵兰实行内部自治，但隶属丹麦。

努克是格陵兰人的称呼。丹麦人称努克为戈特霍布，意思为"美好的希望"。我信步于街头，感受她的独特风貌。努克是地方政府所在地，是格陵兰岛最大的港口，有些游客就是乘轮船而来的。街道两旁的房子有红色的、蓝色的、淡绿色的、黄色的，散落在冰天雪地里。

格陵兰的夜是美丽的，而且是极致的美，特别是极光的出现，那是一大奇观。就在我住的那一天晚上极光发生了！那淡绿色的光彩和

● 玩耍的儿童

● 晒太阳的人们

025

● 努克镇风光

第一章 北美金三角：捷足先登之岛

浅玫瑰色的光幕在空中飞舞，千姿百态，炫目奇彩，令人惊叹！神奇的极光是由于太阳粒子闯入地球磁场与大气层摩擦造成的一种自然现象。努克镇是观看极光的极好地带，我是幸运的！

　　次日清晨，我踏着膝盖深的积雪到郊外观光。这里是世界上最后一个没有被污染的角落。这里白色是主色，色调非常单一。在没来时就听说这里有长白毛的小矮人，有有魔力的独角兽，而古怪的动物，其实都是传说。突然，又一次幸运降临眼帘：海市蜃楼出现了！在那遥远的雪原上，虚无缥缈的高楼大厦出现在地平线上，像一张水彩画徐徐展开，太美丽、奇妙、神奥了！但刹那间，一切变成了泡影，消失得无影无踪……

● 极光

去|北|美 | Go to North America

格陵兰有一处2004年被联合国教科文组织列入的世界自然遗产——伊卢利萨特冰湾，位于努克镇北部250公里的格陵兰岛西海岸。从首府乘直升飞机一个多小时即可到达。

伊卢利萨特是格陵兰中部最大的居民点，约有500多因纽特人常年居住于此。这里巨大的冰川浩瀚无比，不时发出冰山坍塌、断裂的巨响。冰块、冰垛、冰山咆哮着、嘶叫着快速移动，成为世界上少有的冰川景观。据介绍，伊卢利萨特冰川活动相当频繁，每天以20米的速度移动，每年崩塌面积达35立方千米，这些冰山流向冰河、海洋。当年的泰坦尼克号就是碰撞上了格陵兰南下的冰山才被击沉的。

在伊卢利萨特冰湾有个观洲站，科学家根据冰山的塌陷，观测出

● 冰雪中的格陵兰岛，生命力顽强的草花

第一章　北美金三角：捷足先登之岛

了地球变暖的现实。据悉，在过去的 15 年，这里的温度上升 4 度，证实了环境破坏给人类带来的灾难！

即将离开这里，再次回首，那高耸的冰柱，诡异的冰山，摇摇欲坠，晃晃悠悠，不时发出撼天动地的倒塌声、崩裂声、塌陷声……

格陵兰，一个纯净洁白的天地！

格陵兰，一个即将消融的世界！

温馨提示

去北美洲有三条线路，一条线路是穿越太平洋，中途在夏威夷群岛停留，然后继续东行，登陆加拿大温哥华或者美国的洛杉矶。另一条路线是西行穿越欧洲、大西洋直达纽约或多伦多。第三条路线是通过第三国转机到墨西哥城或中美洲及加勒比诸国。北美洲没有战争，比较安全；传染病和瘟疫也很少发生，不必担心健康问题。对于途中的夏威夷和百慕大、格陵兰，安全更不用担心，非常平安，只是要注意随时增减衣服，防止感冒。在住宿上，可以通过网上提前预定，而通过旅行社购买机票和预定宾馆酒店会更为方便和便宜。

去 | 北 | 美 | Go to North America

2 加拿大
枫树之国

　　走进加拿大境地，可看到满山遍野的枫树，密密麻麻，层层叠叠，尤其当枫叶挂红之时，层林尽染，彤云飘逸，成为一片火红的世界。加拿大将"枫叶"作为国旗、国徽的标识，在全世界独一无二。加拿大 998 万平方公里国土面积居世界第二，而人口只有 3500 万。该国地大物博，森林和矿产资源居世界前列，是西方发达国家之一。加拿大拥有世界最大瀑布之一的尼亚加拉瀑布，世界最高的多伦多电视塔，世界上最长的海岸线，世界上最适宜人类居住的地方等等，还有帮助中国人民获得解放的国际共产主义战士白求恩大夫的故居……

去|北|美 | Go to North America

加拿大最大城市多伦多

飞机降落在加拿大多伦多机场。

汽车在去往多伦多市区的路上飞驰……

沿途是平坦的大道，密布的果园，散落的村镇，还有崛起的工厂。

汽车在公路上加速行驶，两边的环境非常整洁，安大略湖波光潋滟，让人心里感到平静安和。但伊利湖边黑烟滚滚的工厂让人扫兴，据说那是加拿大的一片工业区，一直没有解决污染问题。

穿行在公路上，陪同的工作人员周小利介绍，多伦多是加拿大第一大城市，北美洲第五大城市，市区人口250万。这是一个全球最多元化的都市之一，有丰富多彩的族裔特色，50%的居民来自全球100多个国家，其中华人达40万。多伦多是世界上最适宜人类居住的城市之一，

第二章 加拿大：枫树之国

也是世界排名靠前的著名大都市！

车行一个半小时，进入多伦多市郊，四周景色也更为引人入胜，尤其是透过绿树草坪缝隙展露的安大略湖面，显得更加静谧。休闲的人们在岸边散步，在湖畔晨练，彰显人与自然的和谐。

周小利接着介绍，多伦多是安大略省省会，有着厚重的历史，起初为印第安人的村庄，多伦多印第安语意为"会聚的地方"。1720年法国人在此建立了一个皮货站，后来让位英国。1793年英国把多伦多作为加拿大的首都。1812年这里发生战争，美国占领多伦多，后英国反攻，一路打到华盛顿，并放火烧了白宫。可以说多伦多的历史与发展是极其曲折的。

汽车进入市区，车窗外满是高楼大厦，一个现代化大都市呈现于眼前。汽车三拐两绕停在一处草坪边，当我们走出车门，一座巨型高塔耸立眼前，这就是闻名于世的多伦多电视塔，它曾是世界上最高的建筑物之一和最高的通讯塔，总高度为553.34米，由三根巨大的水泥柱子支撑而起，塔顶可360度旋转，乘电梯可直接到达，俯瞰全市

● 多伦多电视塔曾为世界之最

去|北|美 | Go to North America

的风光。我在此拍照，整个塔体怎么也装不进镜头，一直后退出两条马路仍拍不全，只有望塔兴叹。电视塔的一侧是一个不显眼的体育馆，但却是世界上第一个顶部能开合的体育馆，如果需要，顶棚随时可以打开。多伦多虽非首都，却拥有两个世界第一。

汽车在大厦林立的市中心区域穿行，当地陪同者介绍，多伦多作为加拿大第一大城市，它的环境也是加拿大乃至世界上最好的城市之一，小岛绿树葱郁，海滩清澈见底，街心公园比比皆是，皇家园林修整一新，其安大略湖畔的皇家约克酒店和周围鳞次栉比的高楼大厦组成了市区中心，最有看点的建筑当属市政厅大厦。

当我来到市政厅大厦前，这里的广场上已挤满了游玩的人群。市政厅的建筑确实别出心裁：直立的高柱，半圆形的骨架梁，瓦式的结构，

● 中心广场旁边的瓦式市政厅巍然屹立

第二章 加拿大：枫树之国

● 多伦多大学绿地草场及教学楼　　● 多伦多大学图书馆

托起一座现代化建筑。一侧的老市政厅显得逊色，但也不失为一座雄伟厚重的古老建筑。

从视野来说，省议会厅无与伦比。省议会厅坐落在广阔的绿树草坪中，走在草地上若不经意抬头远望，还会以为在旷野里闲庭信步。省议会厅建筑古老而又厚重，配以两侧雕像更显它的历史久远。走进议会厅内参观，古香古色，装饰精致，且随你自由拍照，不会有所限制。

省议会厅旁边是多伦多大学，我顺便走进这所在加拿大乃至世界都很有名气的大学，没料到校区有大片的绿地，占地500多亩，四周是古老的校舍，其中有图书馆、教学楼、实验室等。有趣的是学校的中心大道正好与电视塔在一轴线，而在这里拍摄电视塔可谓最佳位置。在多伦多大学，我走访了来自中国的大学生，了解这所大学以及他们的留学感受。多伦多大学是一所公立大学，始建于1827年，为加拿大最古老的大学之一，是加拿大教育的翘楚和世界最著名的研究性大学之一，被

去 | 北 | 美 | Go to North America

列入世界十大著名公立研究大学之中。学校拥有世界级教学设备,仅图书馆就有 32 座,其综合实力在加拿大位列第一,从这个学校走出过四位加拿大总理,白求恩、钱伟长、大山、武艺均从这里毕业。它对世界的主要贡献是发明了干细胞、胰岛素等,科研实力堪称一流。

华人遍天下。多伦多有 6 处唐人街,其中位于达斯街和司帕蒂娜街之间的是市中心的一条唐人街。行走在唐人街上,恍惚中有回家之感,街道两旁写的尽是中国字,什么"四川饭庄""北京店"等,走进店里,也都是中国制造且皆是华人经营。

这就是加拿大!远离中国,而唐人街让我感觉距离祖国近在咫尺……

这就是多伦多!世界级大都市,华人有着一席之地……

尼亚加拉大瀑布

从多伦多启程,向着尼亚加拉大瀑布行进……

路上,一边是安大略湖,一边是伊利湖。汽车奔驰在地峡上,风光无限。

不管周边风光如何,我迫不及待的是要看一看世界级瀑布奇景。绕过小城、海关,穿过树林、草坪,猛然听到震耳欲聋的波涛声。

转眼一望:天哪!脚下不就是尼亚加拉大瀑布吗?突如其来的景象,毫无准备的心态,一下子把你带入汹涌澎湃、飞流裂水、一泻千里的瀑布世界,那腾起的浪花,那飞溅的水珠,那升腾的雾气,那冲击的波潮,如痴如醉、如梦似幻。我拿出照相机和摄像机不间断地拍摄,将这一壮观的景象装进镜头。

向导对我介绍:"尼亚加拉大瀑布源于尼亚加拉河,而尼亚加拉河是北美伊利湖流向安大略湖的一条河流,全长56公里,这条河是美国与加拿大的边界河,当这条河水流到中途时,突遇60多米深的断层,本来平静的河水一下子跌入深渊,俯冲而下,形成两条飞流直下的瀑布。

● 尼亚加拉大瀑布美国一侧的亚美利加瀑布

美国一侧的叫亚美利加瀑布，宽 300 米，落差 50 米；加拿大一侧的叫马蹄瀑布，宽 700 米，落差 60 米。美国的亚美利加瀑布很壮观，这一瀑布还分流出一支小瀑布名叫新娘面纱瀑布。"

向导说，从加拿大一侧欣赏瀑布别有一番情趣，而且更为壮观。

两瀑布的分界线是尼亚加拉河上的彩虹桥，桥的中间位置插有美国和加拿大国旗，寓意国界，在桥的两边分别设有美国和加拿大的边境检

● 宽阔的尼亚加拉界河是尼亚加拉大瀑布的源头

第二章　加拿大：枫树之国

● 加拿大一侧的马蹄瀑布

● 一眼观两瀑

查站。

在加拿大一侧，这里设立了一个瀑布城，有高楼大厦、娱乐休闲场所和瀑布公园。穿过维多利亚女王公园，走向加拿大一侧的尼亚加拉河岸边，首先观赏到的是河对面的美国地界上的亚美利加瀑布，在此观望与在美方观看，别有洞天，特别是那束新娘面纱瀑布，飘动得极为奇妙。

我沿河畔绿地走向马蹄瀑布，涛声越来越大，水汽越来越浓，水流越来越急。当瀑布近在脚下时，铺天盖地的声响非常震撼。望着那惊天动地的水流，让你感受何为惊心动魄，何为雷霆万钧，何为浩瀚壮阔，何为汹涌澎湃，感受到了"黄河之水天上来"的意境！

之后，我下到河床，去领略"雾中少女"游，这一旅游项目最为热闹。我穿上雨衣罩，扣上防雨帽，踏上游船。起初，船在平静的水面摇摆晃悠，静心观望瀑布。接着船逐渐靠近瀑布，并直插瀑布之中，特别是进入马蹄瀑布之下时，那飞溅的浪花、涌动的波涛、直泻的水柱、喷洒的雾珠一齐浇来，拍打得游客"嗷嗷"叫喊，一个个都成了落汤鸡。在此，更能深切体味"气势磅礴""奔腾咆哮""声势浩大""雷鸣贯耳"之感。

尼亚加拉大瀑布，不愧为世界奇景！

尼亚加拉大瀑布，可称为人间奇迹！

第二章 加拿大：枫树之国

白求恩故乡行

高山，森林，峻岭。

旷野，绿地，花草。

汽车在加拿大安大略省境地的高速路上疾驶。穿过一片片原始森林，越过一道道河床滩涂，翻过一座座丘地峰坡，向着白求恩的故乡前行。

我是从多伦多市启程，沿着通向诺斯贝市的高速路行进的。白求恩，在中国人人皆知。小学课本里毛泽东的《纪念白求恩》，很多人都能背诵下来。白求恩伟大的国际主义精神可以说影响了中国几代人，铭记

● 白求恩雕像

在心，不能忘怀。

白求恩为了中国的解放事业献出了自己宝贵的生命。到加拿大，瞻仰白求恩故居，成为中国人必去的一个行程。

汽车行驶两个多小时，来到白求恩的故乡格雷文赫斯特镇。这个镇隶属安大略省，坐落在莫斯科卡湖畔。湖面水影，波光粼粼；枫叶满山，层林尽染，如一幅美丽动人的山水画，令人沉醉！

刚刚踏进小镇，呈现在眼前的是一块非常醒目的路标——白求恩路。可见，当地人对于白求恩同样敬佩。沿着白求恩路一直前行，白求恩故居的路标频频出现。作为一个中国人，看到白求恩名字重复显现感到倍加温暖，不觉加快了步伐，想尽快目睹白求恩故居的容貌。

疾速行走一段路程后，在一片枫叶掩映下，出现一处小庭院，草坪边一座木造二层小楼赫然映入眼帘。呵！这就是白求恩大夫的故居，这就是伟大的国际主义战士白求恩的出生地，这就是为中国解放事业做出贡献的白求恩孩提时期玩耍生活的地方。故居旁，竖立着一块醒目的牌子，上面用中文刻着一段话：

诺尔曼·白求恩是一位大夫和人道主义者，出生于这所牧师住宅。他对蒙特利尔各医院胸外科做出了重大贡献，并成为一位坚决的社会化医疗制度的提倡者。1936年至1937年，西班牙内战期间，他领导加拿大医疗队，为西班牙共和军服务，首创了流动输血服务。他随后担任毛泽东所领导的军队的战区外科医生兼卫生顾问。白求恩大夫不幸于1939年11月12日在前线逝世，成为一位中国人民所尊敬的英雄。

透过这个牌子，我仿佛看到白求恩在中国战区的身影，透过一行行

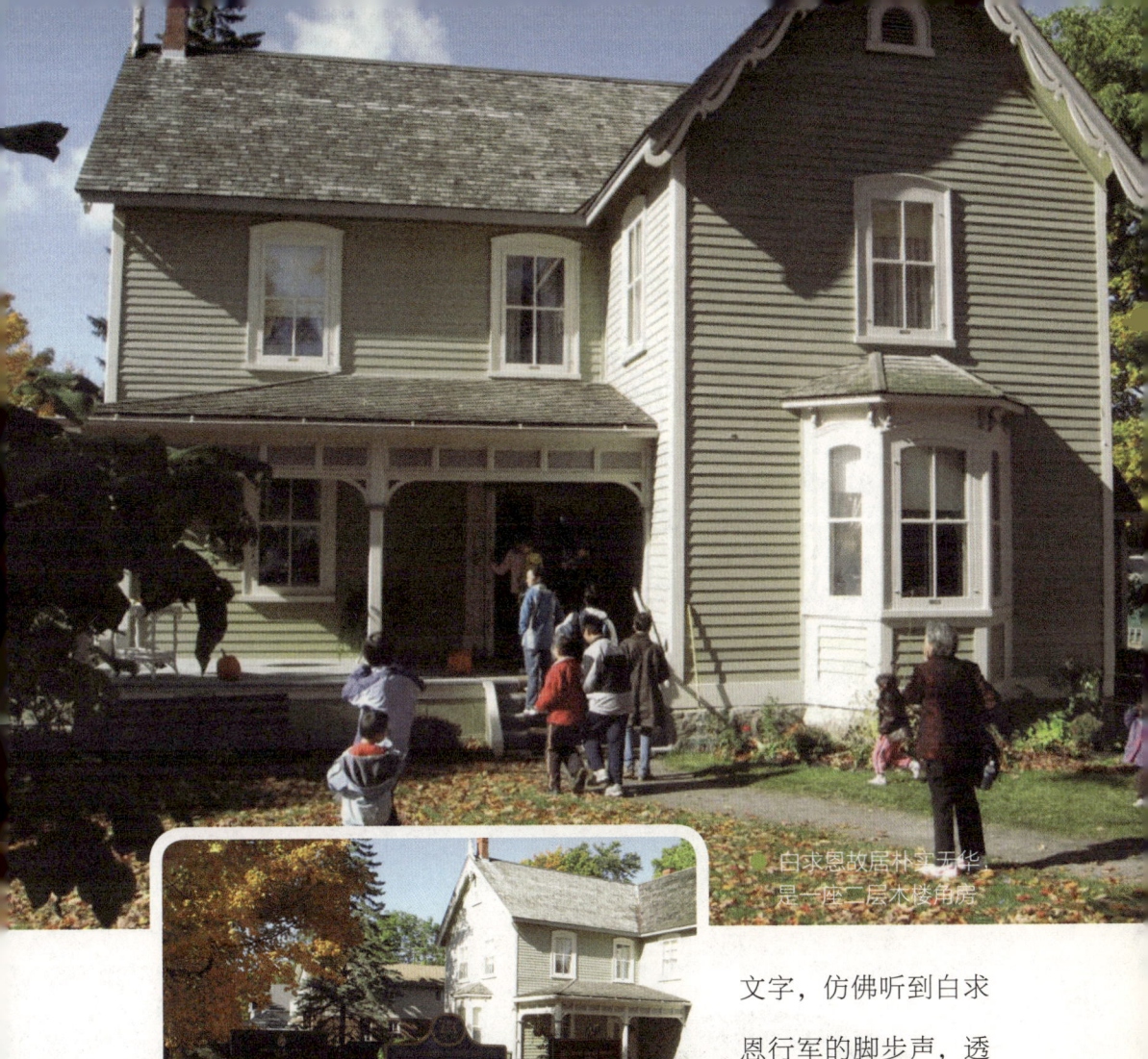

白求恩故居朴实无华，是一座二层木楼房

白求恩曾经散步的小院里竖立着中英文简介牌

文字，仿佛听到白求恩行军的脚步声，透过一句句话语，仿佛听到了朗诵《纪念白求恩》的声音："一个高尚的人，一个纯粹的人，一个有道德的人，一个脱离了低级趣味的人，一个有益人民的人。"

走进白求恩故居的门廊，解说员介绍说："这座建筑始于1880年。从1889年到1893年，白求恩的父亲马尔科姆·尼科尔森在本地的诺斯教堂担任牧师期间一直住在这里。1890年3月3日，亨利·诺尔曼·白求恩就出生在这座小楼里。"

我在二楼参观了白求恩诞生的卧室后，穿过前庭，走进书房。在桌子上放着一本《圣经》，墙上挂有圣母玛利亚画像，还有腰刀、皮鞭和十字架，面对房间里的遗物，讲解员说："白求恩的祖辈于18世纪初从苏格兰移居加拿大，其曾祖父辈中有的担当英国圣公会的大教主，有的任蒙特利尔麦基尔大学校长。白求恩的祖父诺尔曼是加拿大著名的外科医生，为多伦多医学院创始人，对白求恩成长影响很大。白求恩自小便立志像爷爷一样当一名外科医生。"

怀着做外科医生的梦想，白求恩最终考上了多伦多大学医学系，毕业后在蒙特利尔从医，并在麦基尔大学胸腔外科专业任教。

白求恩故居是一栋典型的英式建筑。屋内的摆设和装饰，有大幅的挂毯、古老的钢琴、精致的家具、美丽的壁画，由此可见白求恩应该生长于一个富足的家庭。据讲解员介绍，白求恩的父亲是一名基督教传教士，有足够的力量供养白求恩读完大学。

问起白求恩少年时代的情况，解说员说，白求恩是一个聪明伶俐的孩子，而且非常刚强。小时候，他喜欢爬山、游泳，到大自然中去经受锻炼。他曾经独自横渡乔治亚湾水域，到大自然中捕捉蝴蝶等昆虫，到牲口棚中解剖牛腿，到大街上充当报童……

| 第二章　加拿大：枫树之国

白求恩，在他的故居度过了一段有意义的童年生活。诺斯贝市养育了这位享有国际声望的著名的外科医生，让世人敬慕。

为了纪念白求恩这位国际主义战士，加拿大政府于1973年出资将白求恩故居作为历史文物购买下，改为"白求恩博物馆"向游人开放，并列为加拿大国家级历史名胜。在白求恩故居院落北侧的一栋白色小楼开辟了"白求恩纪念馆"，之中陈列着白求恩生活战斗的实物和照片。

大约用了两个多小时的时间，参观完白求恩故居和白求恩纪念馆。之后，我来到游客中心，这里有很多有关白求恩的纪念品出售，有白求恩头像、木雕、瓷盘、纪念章、纪念邮票等等。购买者，排出长长的队伍……

峰回路转。返程中，枫树森林相伴，青山绿水相随。凝望着加拿大的高山、森林、绿野，白求恩的故事，又一次萦绕于思绪之中……

白求恩，一位普通的加拿大公民！

白求恩，一位高大的国际主义战士！

● 参观白求恩故居的人流络绎不绝

去|北|美 Go to North America

严寒之首都渥太华

渥太华是加拿大第四大城市，无论是城市人口还是知名度都抵不上多伦多、蒙特利尔和温哥华，然而它却是加拿大首都。它独特的地理环境、独特的文化个性、独特的城市风光，使它成为世人向往之地。

走在渥太华市区，最引人入胜之地是国会山，处在市中心地带，坐落于渥太华河畔。站在国会山上可俯瞰三条河流交汇的秀丽景观，可观览优美的全市风光。为什么叫国会山？得名于屹立在山上的国会大厦，颇为壮观，尤其是高92米的和平塔尖，更令人敬慕。和平塔被誉为世

◎渥太华标志性吉祥物蜘蛛雕

第二章　加拿大：枫树之国

界上最精致的哥特式建筑，它包括一座高 4.88 米的四面钟及 53 个铜铃定时演奏的钟琴，总重达 60 吨。不仅仅是钟塔，国会大厦的整体建筑也是典型的意大利哥特式建筑，两侧分别是众议院和参议院。其后面是国会图书馆，正南方为国内战争纪念碑。国会大厦始建于 1859 年，之中有一个百年火炬坛升腾着熊熊燃烧的火焰。

加拿大总督府一年四季对外开放，可以自由参观、游览。从这里的园林中可以看到一百五十多年前的房屋，总督府鹤立鸡群。总督府是 1867 年的杰作，它是历任加拿大总督工作和居住的地方。前任总督伍冰枝（阿瑞安·克拉克森）是第一个入住总督府的华裔加拿大人，说明华人移民在加拿大已

● 隐藏在林中的总督府

● 蔚为壮观的国会大厦

● 国会山上精细的门雕

去 | 北 | 美 | Go to North America

经发挥着重要作用。总督府是接待外国领导人之地,在这里曾经接待过中国领导人,并有中国领导人栽下的纪念树。在总督府听讲解员介绍:"总督府的设立是从渥太华设首都后开始的。1857年,维多利亚女王首先把渥太华作为一个地区的首府,1867年英国议会通过决议将渥太华正式定为加拿大首都。"

维多利亚岛地处渥太华城市中心,在国会山脚下。这是一个非常幽静之地,既在大都市,又非闹市区,因为它和周围熙熙攘攘的环境分离开来,成为城市中的世外桃源。这个岛历史悠久,几千年来亚岗昆土著居民住在此地,如今这些土著人通过舞蹈、展览、手工艺品向游客展示本民族的历史,别有一番风趣。

里多运河横贯渥太华全城,是首都一道亮丽的风景线,尤其在冬季,成为世界上最大的天然溜冰场,一年一度的狂欢节就在冰河上举行,还有冰雕、雪雕、冰钓等,为首都增添了别有风趣的娱乐项目。里多河完工于1832年,是北美洲最古老的运河。该运河连接着渥太华和安大略湖的城市金斯顿及多个湖泊,全长202公里。当年建造运河的目的是

为了保护其殖民地利益，抵御美国侵略的军事设施。2007年被列为世界文化遗产。

在这个城市还有一个看点就是加拿大古村落。当来到这里，可见大量的原始遗留建筑，历历在目，其中有磨房、货栈、木匠铺、铁匠店、纺织摊等等。我乘坐马车穿行在古村落，那一处处烧制的火光，一丝丝熏制的垂烟，一阵阵砸铁皮的响声，将你带进19世纪加拿大的乡村生活之中……

市内还有蒂诺公园、皇家造币厂、拜沃德市场、阿堤勒利公园、国家艺术中心等等，都是好去处，可谓一个多姿多彩的旅游城市。

渥太华这个拥有60万人口的首都有"严寒之都""郁金香之都"的称谓。"渥太华"的名称来源于亚岗昆语，意为"贸易"。这个地方，原来是森林，17世纪以前印第安人在此狩猎，刀耕火种，过着原始的安逸的生活。17世纪欧洲人来到北美洲，将渥太华地区的原始森林砍伐，以"木材"做交易活动，并慢慢发展成一个木材小镇。1763年沦为英国殖民地。

在离开渥太华之际，看到满大街绿树花草，处处生机盎然。心目中这个世界上的"严寒之都"，却又这般温暖如春……

● 皇家造币厂大楼

去|北|美 Go to North America

蒙特利尔的华人圈

　　蒙特利尔，加拿大的经济首都，为全国第二大城市，市区人口160万，其标志性建筑是世界上最高的斜塔。这是一个多元化城市，其中华人约10万人之多，华人人数仅次于温哥华。

　　华人的移居要追溯历史。那是19世纪中叶，大批华人来到这里修筑铁路、开采矿山。之后，落地生根，在此成家立业，永远留在蒙特利尔这块土地上，一代接一

● 黄昏中的蒙特利尔，高楼林立，一派现代化气息

第二章 加拿大：枫树之国

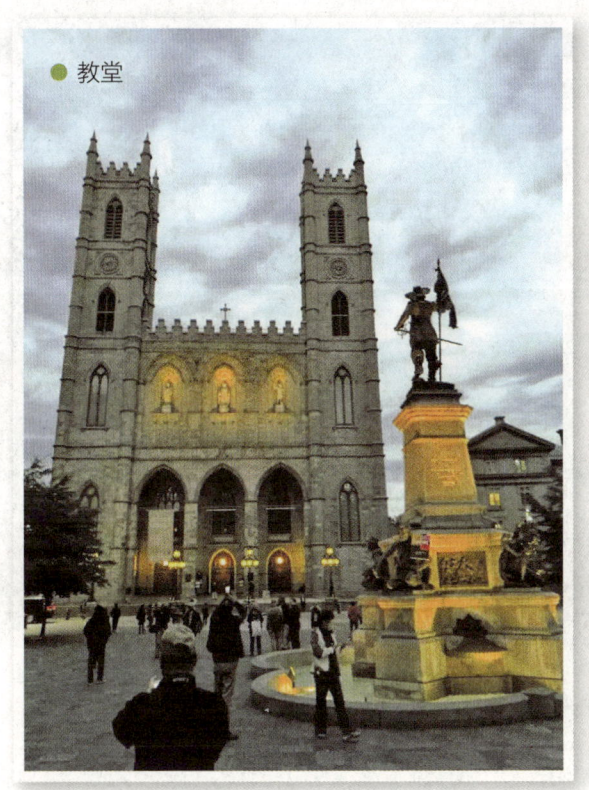

● 教堂

● 老建筑

代繁衍生息。随着中国改革开放潮流的涌动，又有一批中国人投身于此，从事贸易活动，也相继留了下来。华人，在蒙特利尔成了小气候，其中唐人街、超市和梦湖园是华人圈的标志。

让中国人骄傲的是唐人街，其占地规模和影响力之大，在整个蒙特利尔都赫赫有名。唐人街建有四座古典式中国特色的牌楼，上面镶嵌着"唐人街"三个金字，分别竖在唐人街的四个方位，就像一座城把华人圈在一个社区，形成华人的世界、华人的天下。社区内有中国商场、店铺、摊点、超市等，一个个牌匾统统是中国字号，一行行广告皆是

去|北|美 | Go to North America

● 晚霞中的蒙特利尔中心广场

● 城市纪念碑

汉语标识，一摊摊商品多是中国货。除商铺之外，还有华人自己的庙宇、医院、学校，以及华人机构、华人报社、华人活动中心。

除唐人街外，华人超市在蒙特利尔市区兴起，形成一个网络，遍布市区。蒙特利尔是个典型的移民城市，除法国人、英国人占多数外，还有多国的移民，是地地道道的多元化城市。对于华人来说，在唐人街之外，语言交流是一大问题，给商业经营带来不便，然而办超市不存在语言问题。于是，不少华人在蒙市开辟新的阵地，扩大经商领域，在市区办超市。

走在蒙市大街上，我看到不少华人超市，而且都非常火爆，为此我专门去踏访。

当走进一家超市，我的地方话被收银员听到，他一下子站起来握

| 第二章　加拿大：枫树之国

住我的手说："你是栾城人，咱们是老乡。"

久旱逢甘露，他乡遇故知。真没想到，在这么遥远的地方居然能碰到一个老乡，他叫李晓光。李晓光非常热情地接待了我，并带我参观他的超市。这个超市占地400平方米，摆放着上千种商品，其中有饮料、烟酒、炊具、蔬菜、牙具，应有尽有。

参观完之后，李晓光介绍说他是20年前来到这里的。先在唐人街搞了一个店铺，后走出唐人街，到繁华市区投资30万美元，办了这个超市。经营超市不需要语言的交流，只需要把价钱贴在商品上即可。购买者根据价钱挑选所要物品，然后算账。算账也不需要语言交流，电脑自动把货单打出来，顾客付款后一走了之。

整个超市只有李晓光一个人，他就坐在出口，只管收钱。我看到断断续续的人们一声不吭进来，提个篮子进去挑选，出来装得满满的。李晓光将一件件商品对准操作手柄，"吱——"一声作响就结清了。

李晓光对自己这份工作充满信心。他介绍，这里的华人对中国是有感情的，有强烈的爱国之心，他说："2008年中国举办奥运会时，华人商店全部关门，走上街头为祖国举办奥运会加油。当时我们穿着红衣服，带着红帽子，披着五星红旗，为强大昌盛的祖国欢呼！"

华人有华人的乐趣。在蒙特利尔，还有一个华人健身活动场地，即梦湖园。在梦湖园，华人开办了气功班、武术班、太极拳班、舞剑班等多个训练班，主要针对当地人，参加者为老年群体，非常火爆，体现了中国特色和中国传统。这里也是华人的集结之地、娱乐之地、交流之地，因为梦湖园是中国人建造的。这要从中加友谊说起。中国上海和蒙特利尔是友好城市，上海市特意在蒙特利尔植物园内建造了一座典型的中国江南风格园林——梦湖园，占地 2.5 公顷。据悉这是亚洲以外最大的中国园林。园林中的假山、湖泊、中式亭台、溜冰场等，成为华人和当地游客的乐园，也成为中加友谊的象征。

● 1976 年蒙特利尔奥运会举办场地的斜塔

第二章 加拿大：枫树之国

历史名城魁北克

这个城市有着北美洲唯一保留下来的古城墙，有着北美洲第一条自由贸易街道香槟街，以及北美洲最古老的交易集散地皇家广场，这就是加拿大的历史名城魁北克，被誉为"北美的直布罗陀"。1985年魁北克古城被联合国教科文组织列为世界文化遗产。

魁北克是一座历史名城，去魁北克不能不了解它的历史。魁北克

● 从城堡俯瞰河口

地域原是一片原始森林,是印第安人狩猎之地。1608年法国探险家兼皮草猎人桑普兰从圣罗伦斯河登陆,在森林中捕猎,并以猎皮做交易,开展商业活动。伴随着皮毛业的发展,法国人慕名而来,而且越来越多,由此建立了第一个法国人居住区。"魁北克"在当地土著语中的意思是"河流变窄处",因为这里正处在圣罗伦斯河开口处。

从此,魁北克城开始慢慢发展,并在此建立了殖民地,也由此开始了法国在加拿大地区的殖民统治,又称"新法兰西",并把魁北克作为首府,后又扩大为魁北省的省府。魁北克城从无到有,现在市区人口已发展到50万,为加拿大第九大城市。

进入魁北克古城区踏访,让我感到新奇的是,城里的所有汽车上都印有一句法语"JEMESOUVIENS",意为"永远不会忘记"。我问向导,其回答是:"这是当年法国居民抗争的口号"。后来我发现,不仅仅是车牌,包括满街广告牌、商品牌、商店字号、街头标语,就连报纸、电台、电视都是用法语。这才知道魁北克城区95%的人是法裔后代,这里的官方语言和民众语言都是法语,给人感觉到了魁北克,就像是在法国,它是世界上法国之外人口最多的法裔人聚集地。难怪有人说:"如果说魁北克是加拿大的法国,那么魁北克古城就是法国的古城。"

魁北克古城分为上城和下城。上城建在悬崖上,是宗教行政中心,有教堂、修道院、王妃城堡、要塞等。下城建在崖壁下,为生活区和商业区。

在向导的陪同下,我首先来到上城。站在悬崖上的古城,顿感险要致极,也感觉到先人的聪明和智慧。第一观感是古城墙,将之称为

● 魁北克老城城门

● 老城城墙

"北美洲保留下来的唯一城墙",其观赏价值太高了!看吧:城墙巍然屹立,庄重厚实。据介绍,这一灰色石块砌制而成的墙体高3米,厚4米,周长4.6公里。城墙外有难以逾越的鸿沟。

● 老教堂

有人说"不到城堡不能说到了魁北克古城"。踩着鹅卵石,走向六角星形碉堡,看到这座雄峙于钻石岬角上的堡垒,真可谓北美最坚实的要塞之一,它扼守圣罗伦斯河道咽喉,大有"一夫把关,万夫莫开"的感觉。城堡始建于17世纪,最

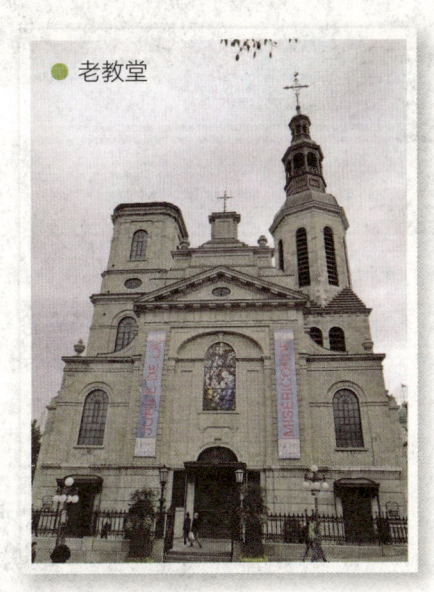

去|北|美 | Go to North America

● 造型美观、童话色彩的芳堤娜城堡大酒店

● 采用花草拼成世界文化遗产标志

第二章 加拿大：枫树之国

初由法国人建造，1820年英国人重建，那是因为1759年英国打败法国占领了此地。要塞内有营地、总督府、炮台、博物馆等。城堡旁有一座芳堤娜古堡大酒店，这座红砖外墙、青铜屋顶的绝佳建筑是魁北克古城的地标，高高耸立在古城中，很像一座童话城堡。它的出名在于前美国总统罗斯福和英国首相丘吉尔曾在此会晤，也因此成为当时"全球出镜率最高、最上镜的酒店之一"。

从上城到下城，另有一番观感：城区的古老！走到"皇家广场"，这是魁北克城的发祥地，被称为加拿大"法国文明的摇篮"。这里是1608年桑普兰最先到达的地方，也是他最早安家之地。桑普兰在这里从做皮毛交易开始，逐渐兴隆火爆起来，接着法国人络绎不绝迁来，发展壮大，由皇家广场向四面延伸、辐射，建起一座城。站在皇家广场望去，上百年前的古房还保留着，记述着魁北克古城的发展史。

从皇家广场步入著名的小桑普兰街，这条以探险家命名的古街太老旧了，那两边的店铺、摊点、窄巷、石板路，将你带入遥远的年代。古街布满17世纪法国乡村风貌，法式建筑、法式商铺、法式牌匾、法国韵味、法国文化尽在这里展现，充满了浪漫色彩，被誉为"北美最古老的繁华街道"不无道理。

在魁北克古城，我还去了国家战争公园、圣母玛利亚宫、奥尔良岛等地。

踏访结束后向导说，在评定世界文化遗产时，评委们给予魁北克古城很高的评价，其内容是：魁北克古城是加拿大乃至北美洲重要的文

去|北|美　Go to North America

化遗产，古城内的建筑散发着浓郁的法国风情，弯曲窄小的石板街道和尖塔，高耸的石造教堂及城堡，与欧洲小镇无异，完整保留了历史的本来面貌。

　　加拿大，一座别样的保存完好的历史名城！

　　魁北克，一派异国他乡浓郁浪漫的法国风情！

● 中心广场上的雕像栩栩如生

第二章　加拿大：枫树之国

绿染温哥华

火车在加拿大境地穿行，穿过一片片枫林，涉过一条条河流，翻过一座座山岭……

经过两天两夜的行程，终于抵达加拿大西部城市温哥华。

进入温哥华的第一感觉是绿色充盈着整个城市。那满眼"绿"的色彩，"春"的意境，令人瞬间滑入一片绿色海洋。森林公园纵横绵延，街道两旁树木林立，街心广场皆是绿树鲜花，庭院中也都郁郁葱葱，马路边的绿色草坪也是一片连着一片……

绿染温哥华！整个城区掩映在绿树花草之中，它被誉为"世界上最漂亮的城市之一"不无道理。

● 温哥华市政府大楼

走进老城区，穿过"蒸气城桥"牌坊，眼前一座两米多高的"蒸气钟"屹立在街心，这是世界上独有的"蒸气钟"，每隔一小时，"蒸气钟"便

响起清脆的钟声，而随着钟声的敲响，钟塔顶部便会冒出一股股白雾，预示着正点的到来。

据介绍，"蒸气钟"是温哥华的发源地和地标，是老城区的"万泉之源"。温哥华的建成和起始要从"蒸气钟"开始。1792年，英国人乔治·温哥华船长为了寻找太平洋西北部航道，来到这片茫茫的荒野中，并在这里定居下来。随后，欧洲人不断移民到此，形成一个小小的村镇，并用"温哥华"船长的名字命名。而这位温哥华船长有个爱放屁的习惯，于是有人给他起了个"煤气"的绰号并传开了。温哥华去世后，为了纪念这位创建这座城市的船长，人们在街心建立了一座"蒸气钟"，让它每隔一段时间放一次气。

温哥华是加拿大第三大城市，是华人的聚集地，市内人口65万，

● 蒸气钟

● 温哥华街景

● 半圆形特色建筑

全市大区总共有 240 万人，华人有 40 万，占到整个市区总人口的六分之一。为什么温哥华华人这么多又这么集中？其中一个原因是温哥华地处太平洋沿岸不远，并且有北京直航的飞机。还有一个原因，历史上就有华人登陆温哥华。早在 100 多年前，即 1897 年、1910 年和 1911 年，孙中山先生曾三次到温哥华从事革命活动。很早很早以前，中国人将丝绸、茶叶和瓷器运到温哥华，再把温哥华的皮毛、木材运回到中国上海。随着商品交易的日益频繁，移居温哥华的华人越来越多。另有一个原因，白求恩大夫率领的医疗队就是从这里出发的。

走在温哥华的大街上，你会看到"中国城""唐人街"，其中"中国城"穿越数条街区，是世界上除美国旧金山的唐人街外第二大华人区。沿路

● 华人集结区中的华人纪念碑

去|北|美　Go to North America

行走可以看到很多华人，这是北美洲最大的华人社区之一，有许多华人商店、华人公司、华人饭馆。在唐人街，可见大批中国式古典风格的建筑，有中国式房门、中国式窗户、中国式房顶。走在这里并不感到是在异国他乡，而像在中国境地。这里还专门开辟了中国古典式的"孙中山花园"及"中国医院""中医门诊所"等，"中国""中华"等字号的牌匾比比皆是。

斯坦利公园是世界知名的城市公园之一，号称"全球最大的城市公园"，面积达上千英亩。公园背依雪山峻岭，三面环太平洋，覆盖着大片枫林。枫树是加拿大的国树，加拿大也因此被称为"枫树之国"。每当秋日到来，这里的枫树层林尽染，似火的枫叶漫山遍野，炫目张扬，给人以极强烈的视觉冲击。枫叶是加拿大国旗上的标识，非常耀眼，与他国的国旗截然不同，独具特色。在斯坦利公园，会不时遇到一只只灰色的浣熊，窜来窜去，很是可爱。浣熊的一双大眼睛很是有神，只要与它的目光相对，它就能理解你的热情，会主动靠近，让你随意拍照留念。斯坦利公园名气很大，就像到温哥华不去"蒸气钟"一样，等于没有到过温哥华，会留下终生遗憾的。

温哥华还有很多可去之处。狮门大桥为加拿大最长的悬索桥，长

● 枫叶图形广场

达 1300 米，是吉尼斯家族于 1938 年投资建造的；罗伯森街是温哥华的核心，是商业区的起点，街的尽头是著名的加拿大大厦，其高扬的五座白帆型的房顶颇有特色，曾是 1986 年世界博览会的主体建筑。华埠唐人街是中国人必去之地，它是具有百年历史的唐人街，区内大都是具有中国传统风格的建筑，还设有中国古典花园。

温哥华，一座枫树环绕的美丽城市！

温哥华，融进华人血液的移民城市！

温馨提示

加拿大的签证为 10 年期。去加拿大比较容易，有北京直航温哥华、多伦多的飞机。加拿大是个移民国家，有上百万华人分布在温哥华、多伦多、蒙特利尔、渥太华等地。所以中国人到加拿大去，吃住行都没有问题，更不用担心安全问题。办理到加拿大的签证手续也很容易，个人到加拿大驻中国使领馆或者通过旅行社办理都比较方便。加拿大的气候比较寒冷，尤其是冬季，切记防寒保暖。

去|北|美 | Go to North America

第三章　美国：世界超级大国

美国
世界超级大国
3

　　美国全称美利坚合众国，位于北美洲中部，国土面积 963 万平方公里，人口 3.2 亿。美国是超级大国，经济、军事等实力领衔全球，尤其科学技术是当之无愧的世界第一。超群的国家实力，创造了诸多世界之最。拥有世界著名的哈佛大学、世界著名的好莱坞电影城、世界著名的国际大都市及金融中心纽约、世界最大的赌城拉斯维加斯等等，还有著名的科罗拉多大峡谷、黄石公园、尼亚加拉大瀑布、自由女神像……

华盛顿速描

飞机降落在华盛顿机场。

华盛顿城被密林所包围,我从机场乘车穿过大片森林进入市区。

首先来到华盛顿市有名的波托马克河,河畔的肯尼迪艺术中心建造得非常精致亮丽,我国歌唱家也曾在此一展歌喉。

汽车伴随着水面行进一段距离,一头扎进林间草坪,眼前突然闯进一座仿古希腊帕特农神庙式的白色建筑,这就是林肯纪念堂。林肯是

● 林肯纪念堂

第三章　美国：世界超级大国

美国第十六任总统，他的贡献是解放黑奴和维护国家统一，是美国人最尊敬的总统之一。纪念堂为长方形建筑，长57米、宽36米、高23米，庄严肃穆、气势恢弘，外部由白色大理石装饰，36根石柱坚实挺立。进入大堂，一眼望见林肯坐像，表情严肃，目光传神，注视着正前方的水池和远处的华盛顿纪念碑及尽头的国会大厦。雕像上侧墙体写有"林肯永垂不朽、永存人民心里"。

出林肯纪念堂，左侧和右侧分别为"越战"纪念碑和"朝战"纪念碑。越战纪念碑造型独特，由美籍华人林樱设计。石碑是黑色的花岗岩，长75米的两面石墙上刻满6万多名死去官兵的姓名。造型呈V字状，很像大地上裂出一道地缝，之中包含着逝去的生命。据悉，林樱是中国国徽设计者之一林徽因的侄女，当时年仅21岁，是耶鲁大学学生。"朝战"纪念碑则是一面长长的黑色石墙，墙前是一群参战者的塑像，其表情各不相同。

华盛顿市区有条中轴线，

● 作战死难者纪念碑

● 参观越南战争纪念碑的人群

● 朝鲜战争参战士兵雕像

西连林肯纪念堂，东接国会大厦，居中为华盛顿纪念碑，三点一线。这一中轴线叫国家广场，西起波托马克河畔，东至国会山。

沿中轴线由林肯纪念堂东行，一座直插云霄的尖形长碑矗立在眼前，这就是赫赫有名的华盛顿纪念碑，高达169米，是世界上最高的石质建筑，也是华盛顿市的地标之一。纪念碑取名华盛顿，很明显它是为纪念美国首任总统乔治·华盛顿而建。当我来到碑前，这里聚满了去登塔参观的人群。欲登塔顶，既可以沿内部897级台阶徒步盘上，也可乘电梯直达，以俯瞰全城风光。走进纪念碑内墙，之中镶嵌着188块由各国捐赠的纪念石，其中一块刻有中文的纪念石为当时清政府所赠，文字取自徐继畬的《瀛寰志略》。纪念碑的建造可追溯到1848年。

国会大厦坐落于中轴线东端的国会山。徒步走向国会大厦，脚下踩着中轴线，步行在国家广场，两边的密林、草坪、花坛，让人心旷神怡。两侧航空航天博物馆、

● 国会大厦坐落于碧水绿树之中

● 华盛顿纪念碑直上青云

第三章 美国：世界超级大国

印第安博物馆等众多的国家级博物馆接次林立，车水马龙。聆听树下路边弹奏的音乐和叫卖声，望着飞舞的衣裙和跳动的脚步，广场如此繁华热闹。当走至东部尽头，便是著名的国会大厦。国会大厦，早已在电视中被人们所熟悉，每当国内播放美国政界要事，电视背景常常会出现国会大厦，但那毕竟是电视画面，而此刻就站在国会大厦面前，另有一番感受不到的情景氛围。那巴洛克式建筑，那明快的大理石白墙，那穹隆形教堂式的屋顶，整个建筑透露散发着巍峨、宏伟、庄重、圣洁的气息，这里是国家立法权力之地，是美国参众两院活动的场所，是全美最重要也最具象征意义的建筑之一。

中轴线国家广场两侧不仅集中了诸多国家级博物馆、纪念馆和公众文化机构，还有华盛顿纪念碑北部的白宫和南部的杰斐逊纪念堂，把整个华盛顿定格在一个十字中，真不愧当初设计者的匠心所在，成为大气磅礴之都。

白宫是美国总统办公和居住的地方，有一部分是对外开放的。当我来到白宫南边的草坪，这里早已聚满了参观的人群。白宫南草坪是媒

● 白宫掩映在绿树丛中

去|北|美 | Go to North America

体曝光率最高的地方，因为美国总统欢经常在这里开会讲话，会见外国贵宾，所以人们较为熟知这个地方。南草坪约有五个足球场大，浓密高大的树林将白宫两翼遮掩，仅能看到主楼六根立柱撑起的部位，楼前喷泉定时冒出白色水柱，显出一派生机。注目白宫，它其实并不高大，看过去只有两层楼高。在白宫初建时，总统华盛顿就提出决不能建成宫殿，决不能建得豪华，而要朴素无华、坚固典雅，因为在这里办公的主人是国家的仆人，所以白宫看上去并不宏伟巍峨。白宫由美籍爱尔兰人詹姆斯·霍本设计，所以带有浓厚的英国建筑风格。

　　与白宫遥遥相望的是杰斐逊纪念堂，处在波托马克河潮汐湖南端。站在面前观望，这又是一种风格的建筑，古罗马神庙式建筑，气势恢宏的白色圆顶十分惹眼。这是为纪念美国独立宣言起草人、第三任总统托

马斯·杰斐逊所建。堂内有杰斐逊青铜立像，墙上镌刻着独立宣言的词句。

从杰斐逊纪念堂西行，可见五角形组成的墙体，这就是闻名于世的五角大楼了。它是美国国防部办公之地，也是美国最高军事指挥中心。尽管它是一个军事单位，但仍有一部分对外开放。我走进这一戒备森严的建筑，参观了"9·11"展厅。"9·11"事件中，恐怖分子袭击了五角大楼，部分楼体被飞机撞毁，造成184人死亡。

1984年华盛顿与北京结为友好城市，为此在唐人街修建了"中国城"大牌楼。牌楼极具中国特色，飞龙舞动，气势磅礴。它是中美两国人民友谊的见证。

华盛顿，因建设大气而闻名世界！

华盛顿，因风景秀丽而名扬全球！

去|北|美 | Go to North America

美国人的圣地费城

出华盛顿北行驶向费城，车窗外都是大片森林，看不到荒原和耕地，满眼皆是绿色，偶见村镇掩映在树林中。

汽车驶出 70 公里时，一座现代化城市出现在眼前。司机说："这个城市叫巴尔的摩，是美国国歌诞生地。"那是 1814 年，英国军队发动战争炮击巴尔的摩，美军难以抵挡，步步败退。在炸弹和炮火袭击下，巴尔的摩的美军全军覆灭。此时，美国青年诗人弗朗西斯·基亲眼目睹了被炸的惨状。当他看到炮火中马丁亨利堡上空美国星条旗仍在飘动

● 费城国家独立公园一角

第三章 美国：世界超级大国

时，唤起了他的创作灵感和欲望，一口气写出了"星条旗永不落"的铿锵诗篇，这首战火中的诗篇很快传遍整个美国，并鼓舞了美国军队的顽强战斗精神，后来这首诗成为美国国歌的歌词。

穿越林海，一个多小时进后到达费城。费城是美国的古都，为美国第六大都市。它的名气虽不如华盛顿、纽约，但它是美利坚合众国的发祥地、摇篮和圣地。美国的《独立宣言》和第一部宪法都在这里诞生，它还曾是美国的首都。

站在古都费城，那高大的树林，船状的汽车，装饰一新的游览马车，让人耳目一新。

我首先来到位于市中心的国家独立公园。这个占地45英亩的公园是全美最大的绿地公园之一，有着厚重的历史，因为它的四周都是有重大意义的历史建筑。我看到，在公园草坪上很多休闲的人们在读书、聊天，还有弹唱者。有意思的是，还有上百人的游行队伍在呐喊、呼叫，

● 独立纪念馆

去|北|美 | Go to North America

据说正在进行反战游行。

在独立公园一侧,有一所玻璃房子,那里摆放着一口自由钟。我跟随排成长队的美国公民走进参观,一具硕大的钟陈列在大厅。钟的四周围满了人群,在听取工作人员的讲解。这口大钟是英国建造的,1752年被运到费城。1776年7月4日,随着自由钟的敲响,美国《独立宣言》传遍全世界。自由钟高一米,重943公斤,上面有一道明显的裂纹。每年的独立日,自由钟就会被敲响。自由钟是美国独立的标志,也是美国自由精神的象征。

自由钟裂纹的一面

独立宫是费城最主要的历史建筑物,处在独立公园尽头。我踏着

● 《独立宣言》诞生在这座红砖楼里

● 费城街景

草坪远距离欣赏着。这是一幢二层的佐治亚式建筑，中间是突上去的尖塔，尖塔下镶嵌着时钟，整个建筑为红色墙壁白色门窗，楼前是华盛顿的雕像。尽管这幢楼不那么高大，但它承载着美国的历史，美国的《独立宣言》和第一部宪法就诞生在这里。

最后我参观了硬币厂。硬币厂很不起眼，占地面积也不大，但美国第一枚硬币就是从这里诞生的。在庞大的流水线上，在细细微微的机声旁，我看到美元硬币像水一样流出来。工厂大厅内设有兑换机，只要投进一美元纸币，热乎乎的硬币即应声弹来。

费城与中国有友好往来，其交响乐团多次访华。费城与天津结为友好城市，这里的唐人街有"费城华埠"牌楼。

巴尔的摩，美国国歌的诞生地，鼓舞着美国人的士气……

费城，美国《独立宣言》的诞生地，记述着美国的历史……

世界之都纽约

华盛顿到纽约，只有两个多小时车程。

纽约尽管不是美国的首都，但它却是美国的符号、象征和缩影，纽约作为联合国总部所在地，又被誉为"世界之都"，它同时也是"全球最大的城市"。

我乘坐的汽车还没有驶入纽约，玻璃窗外就出现一幅高楼林立的远景图，层层叠叠，直上云天。

陪同人员付志勇介绍，纽约濒临大西洋，处在哈德逊河口，由曼哈顿、布朗克斯、昆斯、布鲁克林和斯塔滕岛五个区组成，其中曼哈顿最为出名，它足可以代表纽约。这里原为一片荒凉之地，为印第安人所有。1626年荷兰人用24美元买下曼哈顿岛取名新阿姆斯特丹，自此开始建设。1664年英国占领后改名纽约。1789年成为美国独立后的首个首都。经过数百年的发展，现已成为上千万人口的世界级大都市。曼哈顿为主城区，汇集了全球经济、政治、文化、艺术精英及世界级剧院、博物馆、展厅和数不清的摩天大楼，可以说曼哈顿就是纽约的代名词。曼哈顿东北为哈莱姆河，西是哈德逊河，南邻纽约湾，东靠东河，四面环水。曼哈顿街道棋盘式布局，南北向为道，东西向为街，从东到西依次有12条大道，从南至北依次有190条街，整个城区分为三部分，南为下城，北为上城，中间为中城。

汽车迎着朝阳向曼哈顿方向行进，右侧水面和绿树之间出现自由女神像，尽管距离较远，但其经典式的造型一望便知。接着，汽车钻进一长长的水下隧道。司机介绍，这叫荷兰隧道，建造年代久远。开出隧道，摩天大楼一下子撞进眼帘，密布于城中。

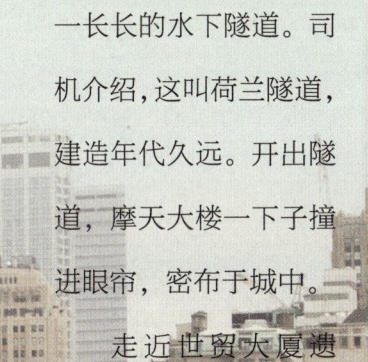

走近世贸大厦遗址，无法想象这里曾矗立过417米和415米高、闻名于世的世贸大厦双塔楼，这一世界奇观和纽约地标，在2001年9月11日被恐怖分子

袭击，瞬间毁于一旦。

继续前行到达曼哈顿最南端的一个街头公园，园林修整得干净整洁，三三两两的老人正在锻炼，草坪中央一个黄色的球形雕塑十分醒目，唤醒人们爱护地球、保护环境的意识。

在街头公园小坐后，沿百老汇街北行。全长25公里的百老汇是一条古老的街道，由南至北斜着纵贯曼哈顿岛。百老汇之所以闻名不在于街道的长度，而是它的艺术氛围，整条街道溢满艺术气息，包裹着浓郁的歌舞情调，特别是41至53街一段，大戏、歌舞、音乐和演艺无处不在。

从百老汇走向被誉为世界第一街的华尔街，怎么也没想到赫赫有名的世界金融街竟如此窄短狭小，只有抬头仰望摩天高楼中的一线天才能感觉出它的豪华现代。华尔街是英文"墙街"的译音，早期荷兰人曾在此修过一道木墙，后被英国人推倒，但"墙街"的名字沿用下来。站在华尔街张望，两边全是世界有名的金融机构，如欧文信托公司、花旗银行、摩根公司等等，但也有少量其他机构，如"联邦大厅"就是华盛顿就职宣誓的地方。华尔街西连百老汇，东接东河，长不过数百米，之中有七个街段，111个街号10分钟即能走完，但却有很多看点，如大铜牛身长5米，重达6吨，许多游客将牛角、牛鼻、牛屁股摸得发光，以祈求好运。华尔街西口的三一教堂高84米，是纽约下城的地标，旁边的墓园里长眠着许多名人。古希腊建筑风格的纽约证券交易所每天进行着25亿股的证券交易，之中有人或许一夜百万富翁，有人片刻倾家荡产沦为乞丐。

走出华尔街就是东河，我从码头乘船去观看著名的自由女神像。

第三章 美国：世界超级大国

● 华尔街证券交易市场人头攒动　　● 仰望华尔街摩天大楼

　　游船驶离码头后，在碧波中荡漾，在水面上观赏曼哈顿岛上的高楼大厦另有一番情趣：那林立的楼群，水光映照下五光十色的玻璃反光，使人感叹大都市的缤纷陆离。半个多小时行程后，游船渐渐靠近自由女神像。自由女神像是美国的象征，是纽约的守护神。她身披希腊式曳地长裙，头戴光芒四射的冠冕，冠冕上的七道芒尖象征地球的七大洲。她左手托着美国《独立宣言》，右手高举寓意光明希望的火炬，脚上是被挣脱的镣铐，脸部神态刚毅，气宇轩昂。女神雕像总高93米，重225吨，出自法国著名雕塑家巴托尔迪之手。

　　联合国总部在东河边，当我赶到时看到这里聚满了参观的人群。

● 乘船东河行看水面上的纽约高楼大厦

● 自由女神像镶嵌在蓝天白云里

第三章 美国：世界超级大国

总部大楼看上去像个火柴盒，高出地面39层，门前的192面成员国国旗一字排开迎风飘动。从大楼北侧进去参观，迎面是寓意环保的《破碎的地球》雕塑和拧成麻花的《反战手枪》雕塑。

进入参观大厅首先看到的是联合国八任秘书长的肖像，还有各国赠送的许多礼品，其中包括中国的"万里长城"壁毯、"成昆铁路"象牙雕刻和巨型青铜"世纪宝鼎"。在底层，出售世界各国的商品、工艺品，可以买到联合国的邮票，还可随之寄出。

出联合国总部大桥，过第一、二、三、四、五大道，在49和50

● 联合国总部大厦巍然屹立

街之间看到一下凹广场，四周插满各式各样的各国国旗，其中也有中国国旗，这就是著名的纽约洛克菲勒中心。这里占地8.9公顷的地面上有19幢楼，统统归属美国著名金融家洛克菲勒私人所有。楼群里被许多国家大公司租用，如美联社、美国广播公司总部、通用电气公司等，下

去|北|美 | Go to North America

- 著名的洛克菲勒大厦耸入云天
- 洛克菲勒楼下人山人海
- 从洛克菲勒大厦俯瞰有绿肺之称的中央公园
- 纽约第一高楼帝国大厦鹤立鸡群

凹广场西侧矗有一尊 5 米高古希腊英雄普罗米修斯的镀金铜像。这里还有一个拥有 6200 个座位的无线电音乐城,可谓世界室内剧场之最。从 50 街进入高 266 米的 70 层主楼,电梯瞬间直升顶层,走上"巨石之顶"观景,隔着 2 米高的玻璃,居高临下俯瞰纽约,那密密麻麻的楼群犹如一个个小小盒子,顿时产生"一览众山小""极目楚天舒"之感。向北看,那是有纽约绿肺之称的中央公园,占地达 3.4 平方公里,庞大的绿树林、青草坪、水平面铺展在曼哈顿岛上;向西望,可见哈德逊河及苍茫的新泽西州;向东看,联合国大楼依稀可见,那是小洛克菲勒用 850 万美元购买的 18 公顷地皮特意捐赠给联合国建楼的;向南看,是巍然屹立的纽约地标,102 层的帝国大厦,纵向与洛克菲勒主楼一个方位,其主体楼高 320 米,若加上塔尖总高度可达 443 米,是纽约第一高楼。

下洛克菲勒主楼后,我沿 50 街进入第五大道,十字路口是一幢白色的哥特式大教堂,非常壮观。走在第五大道的人流中,望着两边耸入云天的摩天大楼,流连于琳琅满目的橱窗,真正感受到世界大都市的繁华。第五大道南起华盛顿公园,北至 138 街,全长 1.5 公里。街道旁集汇了世界最奢华的商品,奢侈品商店鳞次栉比,难怪人们称这里是购物的天堂。第五大道旁还有许多博物馆、艺术馆、大都会场所,以及帝国大厦、洛克菲勒大厦、中央公园,成为名副其实的商业、文化、购物、居住的中心。

第五大道固然是纽约一条最繁华最热闹的街道,如果要找一个繁华"点",那么时报广场当数第一。我从第五大道到达时报广场时大失

去 | 北 | 美　Go to North America

所望，哪里是什么广场，其实就是一个街道交汇点，处在第六至第八大道和第42至第45街之间。站在时报广场的中心位置观看，这里车水马龙，人山人海，最让人震撼的是那变化莫测的电子广告牌，眼花缭乱、魅力无穷。还有那光怪陆离的模特画廊，奇装异服的穿戴，袒胸露膀的女士，既疯狂又刺激，感受到什么叫纸醉金迷，什么叫花花世界。时报广场因《纽约时报》曾在这里设立总部而得名。

夜幕降临，纽约的高楼大厦骤然隐含在星空之下，而那千千万万闪光的霓虹灯，使这个世界大都市更加灿烂壮美。

纽约，不愧为世界之都！

纽约，不失为全球最大之城！

● 繁华喧闹的时报广场

第三章 美国：世界超级大国

去布法罗瀑布城

朝霞满天，阳光遍地。

清晨6点，我从纽约出发，乘车向美国东北部的边境城市布法罗方向行进。途中，与华盛顿到纽约一样，穿越的全是森林。汽车一会上坡，一会下岗，在山地森林中行驶穿梭。公路边，不时出现爱护动物的木牌及保护林木的标识，树林中间或出现零零散散的房屋、别墅及村镇。

汽车驶出山地森林已是行程过半，我在一处很小的镇子用午餐，想不到在这偏远之地还有华人开的中餐馆。饭后，继续赶路，不过窗外的景象已不再是山野，而变成平原。汽车在广袤平缓的大地行驶，一座座村镇、羊棚、牛圈袒露在旷野中，让我细细品味美国毫不遮掩的乡村农舍，了解最真实的民风乡情。这里的村庄大都是由一堵外墙围起，与公路隔离，可能是防

● 布法罗的华人餐厅

087

去|北|美 Go to North America

● 居民住宅

止嘈杂的原因吧！但乡间小路是敞开的。开过一大段乡间路后，我走访了一些乡下美国人，看到美国人的生活习俗。美国乡村房子多是一层，也有二层的，家家户户没有院落，没有篱笆，不装防盗门，且不封阳台。房前屋后都是草坪，无论是哪一个村落，也没有古旧破败的老房子，都是风格各异的别墅，环境十分优雅。

车行十多个小时，到达布法罗，这个小城有"水牛城"之称，计28万人，是两位美国总统的故乡。因它靠近尼亚加拉瀑布，借景区的地理优势发展起来。我在一家中餐厅边吃边欣赏布法罗太阳夕照的风情。

之后继续启程，前行10分钟车程，到达一座现代化城区，高楼大厦、餐饮酒店、剧院展馆、公园绿地、娱乐场所等一应俱全，惊奇的是这里还建有豪华赌场和别具特色的滑雪场。穿行在宽街大道仿佛置身于一个新建的城市，据当地导游介绍："这是布法罗的新城市，又叫尼亚加拉

● 美国布法罗边境海关大楼

第三章 美国：世界超级大国

瀑布城，是专门依托瀑布建设的一座新型旅游城。这里每年接待上千万游客，以前仅靠布法罗不能满足旅游者的需求。"

依托瀑布建设的布法罗新城，充斥着各种现代化的设施。在这里，我去了滑雪场，领略了人造雪地；我去了游乐园，享受了分外刺激的游戏项目；我到了赌场，参观了让人欲罢不能的老虎机；在影剧院，我欣赏了造诣颇高的大型歌舞剧表演……

当夜幕降临时，疯狂的夜生活拉开了帷幕：跳舞的、歌唱的、演奏的，五花八门；现代的、传统的、古朴的，一齐迸发出来，式样云云，释放出一个形式各异、缤纷绚烂、花花绿绿的世界……

布法罗新城，借瀑布吸引人们的目光！

现代瀑布新城，靠景点的魔力赚取游客的美元！

● 滑雪场独树一帜

● 娱乐场所比比皆是

● 新城中的影剧院

去|北|美 Go to North America

荒漠中的赌城拉斯维加斯

　　飞机从布法罗起飞去往拉斯维加斯，中途因故障在芝加哥短暂停留，后继续向西飞行。从飞机窗口俯瞰，绿色逐渐减少，荒芜开始显现，快到拉斯维加斯时眼前便完全是荒漠，夹杂着荒山、丘陵和山梁，苍茫一片又一片。我看到那干涸河床，沟壑峡谷，无际沙漠，一点生机都没有。

　　突然，白云下出现一片绿意，依稀可见绿色中的点点房屋，噢！这就是赌城拉斯维加斯，处在大漠中的海市蜃楼，荒凉中的绿洲。飞机在空中绕了半圈，俯冲下来，降落在沙石围起的跑道上。

第三章 美国：世界超级大国

下飞机走向候机楼取行李，便看到机场大厅摆放着许多老虎机等赌具，墙上的图画也都是赌博场面。人群中，有的一下飞机就开始赌起来，还没有进市区，赌博的味道就这样的浓烈。

走出机场一阵热浪袭来，像是走进烤箱，干热干热的，一点湿气都没有，气温显示 45℃，真像走进我国的塔克拉玛干沙漠，太阳光直射下来，晒得人蔫蔫的。眼前的树都是矮小的，有许多叫不上名字的掌类耐旱植物。

汽车向市区行进，当地导游开始介绍，拉斯维加斯是坐落在莫哈韦沙漠中的一座赌城，而且是世界上最大的赌城，每年接待旅客 4000 万人。这里原是一个荒凉之地，归属内华达州。1931 年美国经济大萧条冲击各地，内华达州议会决定在沙漠中建一座赌城，于是拉斯维加斯如雨后春笋从小到大发展起来。目前，全世界排名前 25 的宾馆酒店这里有 18 家，排名前 10 的占 9 家，从此可以想象拉斯维加斯的规模之大。

为什么这里这样有吸引力？人们单单是为赌博吗？向导说，一个重要原因是这里是沙漠之中的城市，从大都市到沙漠，从嘈杂到偏远，人们就是要这种感觉，寻求这种刺激，如果建在绿树丛中就没这种感觉，尽管这里飞沙走石，尽管这里干燥闷热，但人们想要体会的就是这种不同寻常。

说着说着汽车进入市区，首先映入眼帘的是右侧祖母绿玻璃装饰的米高梅大酒店，富丽堂皇的酒店拥有 5000 多个房间，号称世界之最。左侧的卢克索酒店可同时装下 13 架波客 747 飞机，前方的纽约酒店呈现出帝国大厦样式，其规模只比原型小三分之一。

去|北|美　　Go to North America

　　汽车慢慢在长街大道行驶，巴黎、恺撒宫、金银岛、米拉其、百乐宫、金殿赌场、火烈岛等大酒店一一闪过，酒店的外装饰有自由女神像、金字塔、埃菲尔铁塔、沙漠城堡、威尼斯水城、狮身人面像等等，其建筑个个气派非凡，金碧辉煌，超乎想象的奢靡。为什么装饰这样豪华？只为吸引赌客。

　　安排住下后，天已近晚。夜幕初下，我走在拉斯维加斯大道，欣

● 灯红酒绿，花花世界

赏夜色之中的赌城。只见6.5公里长街到处都是霓虹彩灯，真是流光溢彩、缤纷璀璨。大街上各色人群熙熙攘攘，舞女、赌徒、醉汉涌向大赌场、娱乐厅、表演室、演艺馆，感受那一场场灯红酒绿，纸醉金迷。

　　我首先走向威尼斯大酒店，门口仿建圣·马克广场和威尼斯钟楼，酒店里有室内运河，小桥流水，游船荡漾，两旁是意大利街道风光。尤其是"人造蓝天"非常逼真，尽管现在是夜晚，但好像置身于蓝天

第三章 美国：世界超级大国

威尼斯酒店大堂内的"人造天空"和真的一样

白云之下，根本没有夜的感觉。

走进美丽湖酒店，大堂天花板上的2000朵人工吹制的玻璃花五彩缤纷，那是世界上最大的玻璃花杰作。而且酒店前的音乐喷泉也堪称一绝，每过一刻钟喷出一次。那是一个面积3200平方米的考芒湖，处在大街和酒店之间。当音乐一响，伴着欢快的节奏，

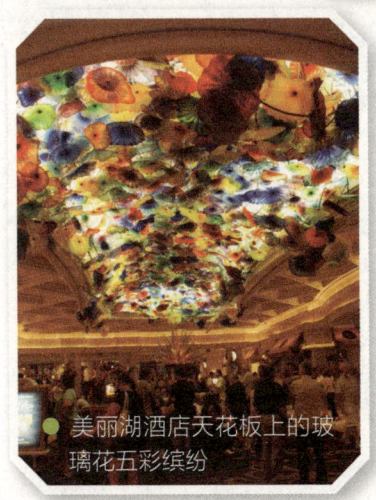

音乐喷泉蔚为壮观

喷泉骤然而起，水柱冲天，变化多端，背景则是对面的"埃菲尔铁塔"，十分壮观，前来驻足观看的人群络绎不绝。

随后走进老城区的费莱芒特街，这里同样热闹非凡。街区里的巨型天幕，是赌城又一大看点。天幕长达一千米，跨越四个街区，这又是世界独一无二的。天幕耗资达6000万美元，融入了

美丽湖酒店天花板上的玻璃花五彩缤纷

093

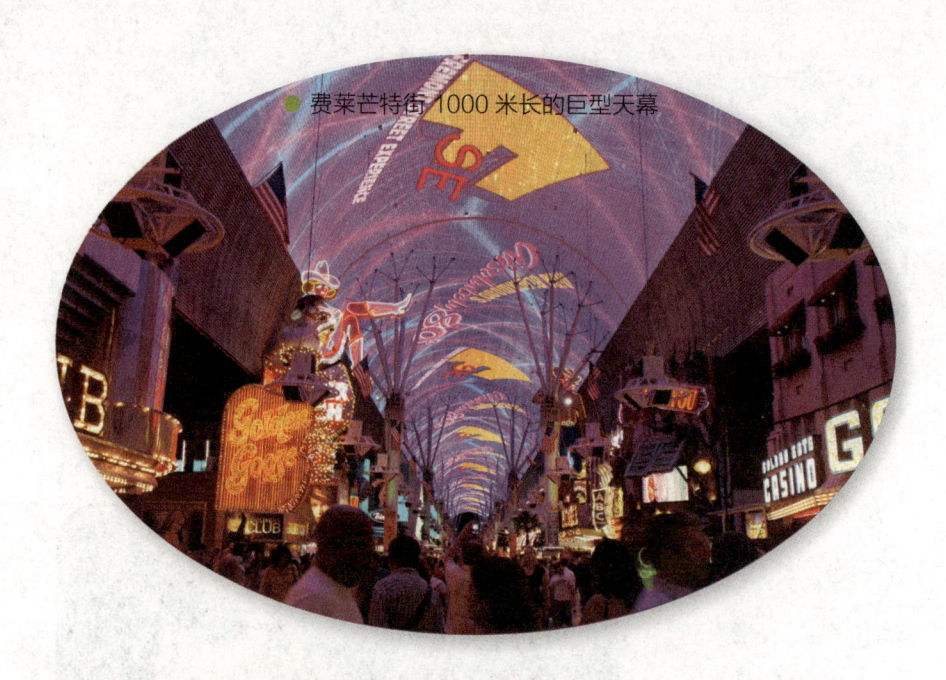

● 费莱芒特街 1000 米长的巨型天幕

高科技手段，每半小时开启一次，当时针指向九点整，天幕长卷突然亮起，伴着音乐，出现许多动感画面，非常壮观！

最后光顾赌场。看吧，老虎机、转盘机、幸运轮、掷骰子等赌具，一应俱全，一台挨着一台，赌场大厅足有剧院礼堂那么大，千八百人同时在这里赌博不成问题。赌场没有外窗，是封闭的，让你不知道东南西北、白天黑夜。其实，每个酒店都有赌场；反过来说，每个赌场都有酒店。当地政府有规定，只要盖宾馆酒店就必须把赌场考虑进去，否则不予批建。在拉斯维加斯，每个宾馆和酒店的一层全部是赌场，二楼以上才是演艺、饭店、商场、洗浴、健身房和客房，酒店开得越大、越豪华，赌场规模就越大，想方设法招揽客人消费。只要到了赌场十有八九要输，赢的几率很小很小。许多人高兴而来，扫兴而归，有的一夜之间输得倾家荡产成为乞丐，华人当然也在其中。中国有个旅行团领队到此跃跃欲

老虎赌机排起长龙

豪华赌场富丽堂皇

试,不到一个小时就被吃进5000美金,只好半夜电告北京亲人向卡上打钱,否则全团次日寸步难行,因为赌注都是带团的费用。据说中国某个演艺人士,一夜之间输去2000万美金。所以赌场是消费者的"葬身"之地。有人说,拉斯维加斯是"罪恶之城"!

然而,赌博业确实给拉斯维加斯带来发展,完全可以说赌城是由赌客的美元堆砌起来的。

拉斯维加斯!大漠深处的赌博之城……

拉斯维加斯!一个极度刺激的地方……

去|北|美 | Go to North America

走进科罗拉多大峡谷

东方渐亮，霞火漫起……

迎着初升的太阳，我由拉斯维加斯出发去往美国的科罗拉多大峡谷……

汽车在丘陵状高低不平的山地上行驶，周边一片荒芜，但见一种叫约书亚树的仙人掌类植物零零散散在大漠中挣扎向上，总算有了些绿色点缀。

● 大片大片的掌类植物约书亚树在大漠中抗争生存

经过两个多小时的车程，来到一片大一些的约书亚树林，我们在路旁的一间白房子前停下来，这里是大峡谷的中转站。在此，讲解员介绍峡谷的情况。大峡谷是科罗拉多河河谷形成，所以叫科罗拉多大峡谷。科罗拉多河发源于美国西部落基山山脉，注入太平洋。在河的中部，经过不断冲刷、切割形成长440公里、宽1.6至30公里、深1.7

● 只有坐地养神才能慢慢欣赏老鹰崖的风姿

公里千奇百怪、色彩斑斓的大峡谷，号称"地球上最大的断沟"。1979年被联合国教科文组织列入世界自然遗产。美国前总统西奥多·罗斯福说："大峡谷使我充满敬畏，它无可比拟，无法形容，在这辽阔的世界上，绝无仅有。"讲解员是华人女士，她介绍完后，大家欣赏了墙上挂着的大峡谷照片。

之后，换乘小车继续东行。不过，窗外已不是平缓的山丘，也不是平坦的柏油路，而是荒山秃岭、山间小路，一阵尘土飞扬。这里的山涧谷地仍见孤苦伶仃的约书亚树，不过增加了一种独杆高挑植物，叫龙草，墨西哥人用来酿酒。汽车开出一个半小时，走出大山又是缓形丘陵平地，开始看到直升飞机一架接一架起飞，大峡谷就要到了。

汽车绕了一大圈，停在一个白色气囊状的屋子旁边，这里又是一

去 | 北 | 美 | Go to North America

个中转站。在此处，或乘大巴去峡谷，或乘直升机去谷底。我赶紧排队购飞机票和景点票，因为参观的人太多了，屋里挤满了人，足足等了一个小时，才办完乘机手续。

上午 11 点钟，我坐直升机起航，向大峡谷飞去。飞机噪声很大，基本是超低飞行，当越过一片平展的荒漠后，眼前突然出现一个陷入地下的万丈沟壑，就像平地裂开的一道大缝隙，此时飞机向下俯冲，慢慢向谷底下降。机窗外悬崖峭壁、重峦叠嶂、怪石嶙峋，看上去博大恢弘、光怪离奇，

● 女飞行员驾直升机稳稳当当

● 乘直升机在科罗拉多大峡谷游览别有风趣

● 直升机窗外悬崖峭壁下是科罗拉多河

从"凌霄步道"玻璃观景台下望科罗拉多河更是胆战心惊

非常震撼！这就是闻名于世的科罗拉多大峡谷！刹那间，飞机降到谷底，一条汹涌的河流呈现在眼前，这就是科罗拉多河！飞机停在谷底一块平整的山石上，我走出机舱，沿曲折的山路穿过丛生的树林，直下到河边，再踏上小船甲板，开始了科罗拉多河的冒险旅程。在船板上自下而上欣赏两山对立的崖峰、悬突的峭壁、千奇百怪的叠石，真是扑朔迷离，深感妙哉！大自然的鬼斧神工，创造了难以想象的奇景。波涛咆哮，巨浪排空，中流砥柱，千回百转，科罗拉多河像一条桀骜不驯的巨蟒，横卧在大峡谷底。此间，有人在船上大喊，感叹对大自然的惊叹和酷爱。

飞机返航了！我的思绪还停留在大峡谷谷底，久久回味，不绝于思……

按照行程路线，我又乘大巴去大峡谷南缘的老鹰崖参观。汽车在平整的沙地荒原上奔驰了两公里路，一条大峡谷突然出现在脚下，好似地壳裂开了一个口子，如不留心，还以为仍在大漠平地上。大自然就是这样奇妙！这里汇集了上百人，都在眺望大峡谷。我凑上前，自上而下层层望去：那飞立的峭壁，那刀砍的山崖，那裂开的大缝，一直望到谷底最下层，层层叠叠，色彩各异，绮丽夺目。此时，科罗拉多河像一条细细的白色丝带缠盘在谷底，虽看不见水流动，听不见水脉声，然而脑海中却浪声缠绕。最后我把视线停留在老鹰崖上，老鹰崖是大峡谷的一个景点，它和皇家山谷、帝王展望台、光明天使谷、天使之窗等景点一样，闻名遐想，令人惊叹！老鹰崖是贴在山壁上的岩石，非常像一只老鹰展翅飞翔。

在老鹰崖的北边是"凌霄步道"观景台，这是世界上第一个空中玻璃观景走廊。这里是观看峡谷的最佳位置，走廊突出悬崖20多米，走在上面仿佛置身在悬崖半空，可俯视身下的万丈深渊及铺展的河流。玻璃观景台的设计者是一位华人，以他独特的灵感创造了这一杰作。

在"凌霄步道"观景台一侧，有印第安人原始部落遗址，供游人参观。

吃过午饭后，我又来到大峡谷的2号景点参观。这里与"凌霄步道""老鹰崖"不尽相同，但也带给人震撼和惊愕。那切割的山体，裂开的石缝，斑斓分明的岩石，白练蜿蜒的河水，印刻成难以忘却的记忆！

科罗拉多！地球上最大的断沟……

科罗拉多！难得的世界自然遗产……

去│北│美 | Go to North America

阳光之城洛杉矶

从拉斯维加斯到洛杉矶共 440 公里，走公路要穿越莫哈韦大沙漠。

乘车一出赌城，就是浩瀚无际的大漠，让你近距离触摸感知荒漠之中的城市，这和乘飞机只能远观俯瞰感觉大不一样。

汽车在莫哈韦沙漠上奔驰，展现在面前的是黄沙秃岭和星星点点的矮小植物，偶尔可见大漠中的工厂、农庄。莫哈韦沙漠是固定沙丘，它和中国的流动沙丘不一样，能够生长少许植物，而美国对荒漠治理投资也很大，希望经过长远努力，沙漠会变成绿洲。

● 洛杉矶高楼大厦林立，极有现代化气氛

● 艺术中心

经过三个多小时的车程，我们停在一个叫巴斯托的小城准备用餐。"巴斯托"用当地话说是给牲口摘嚼子的意思。过去这里是个交通路口，想让牲口吃点草休息一下，为此而得名，现已成为铁路枢纽。尽管城市很小，华人所开的餐馆生意仍然非常兴隆。

饭后稍加休息继续西行，大约走出一百多公里，荒漠消失，代之而来的是青山绿水，郁郁葱葱，下午四点钟到达洛杉矶。

洛杉矶是美国第二大城市，高楼大厦不像纽约那么多，但见散落的一处处二层小楼，多是低矮的建筑。我们的司机是位华人，他向我介绍了洛杉矶的一些情况。

洛杉矶是一座海滨城市，三面环山，一面临海，整个城市布局分散，遍布于平地小丘，是一个城镇组合体或者说是由卫星城组建的城市。人

去|北|美 | Go to North America

口380万。因为城市幅员广面积大，交通主要依靠私家车，为此有"汽车轮子上的城市"之说。洛杉矶气候温和，是典型的地中海气候，一年之中绝大多数是晴天，所以又有"阳光之城"的美称。洛杉矶原是印第安人的村落，1781年西班牙人在此建镇并取名洛杉矶，意思是"天使之城"。现在这里是美国科技最发达的城市，拥有全美最多的科学家和科技人员，所以又有"科技之城"的美誉。洛杉矶是个多元化移民城市，上百个民族、几十种语言交织在一起，各民族都有自己的社区，诸如墨西哥城、韩国城、越南城，其中华人集中的地方叫中国城，名气很大。

● 洛杉矶著名的星光大道星光闪闪

● 星光大道游客络绎不绝

洛杉矶最著名也最有影响力的是好莱坞和迪士尼乐园。

在洛杉矶参观的第一站是星光大道，这里是全市最热闹的地方之一。星光大道东起日落大道，西至弗蒙特大道，全长3公里。来到星光大道，一大看点就是地面上刻有全世界文艺圈名人名字的

第三章 美国：世界超级大国

五角星，共计 2200 多个。许多游客都在寻找自己国家的明星。我一个一个寻去，最后找到成龙、李小龙、吴宇森的名字。

在星光大道中部一侧，坐落着一座中式建筑，这就是世界著名的剧院之一中国剧院，整个建筑按照中国宫殿样式而建，落成于 1927 年。这里曾是第 16、17、18 届奥斯卡颁奖仪式会场，当初好莱坞巨片大都在此首映。它还是世界名人的演出地，我国的京剧大师梅兰芳曾在此登场。中国剧院是星光大道的地标，剧院前的广场还集中了 200 多位明星的手印和脚印。

距中国剧院不远处的柯达剧院也很有名气，是近年举办奥斯卡颁奖典礼之地。这座具有欧洲建筑风格的剧院，确也豪侈华美，富丽堂皇。

穿过街区去往好莱坞环球影城，街道两旁多是巨型明星广告，十分惹眼。半个小时车程来到环球影城门口，首先映入眼底的是一个硕大的球体和高大棕

● 中国剧院前布满上百位明星的手印和脚印

● 其中有中国明星的手印和脚印

105

去|北|美 | Go to North America

  桐树掩映的白色大门，配以连接大门口的红地毯，显得大方又幽雅。迎接我的是一位华人女解说员，她说："从这里走出的华人影星有成龙、李连杰、周润发、陈冲、巩俐、章子怡等。我们为中国骄傲和自豪！"

  走进影城，真是人山人海，各地的游客都集中在此参观这一世界级影都。我们先是乘挂有三节车厢的有轨电车体会"影城游"，正好坐上了一趟汉语解说车。每天上午11点整，安排的都是中文主持人，其他时间是英语。女主持坐在车的最前方，她一手拿着话筒，一手操作按钮，每到一拍摄地都要播放曾在此拍过的电影片断。我们参观了"地表塌陷""洪水来袭""飞机坠落""魔鬼洞穴"等许多惊险镜头的拍摄场地。之后，在影城主题公园里体验了"水上

● 好莱坞影城门前人流如织

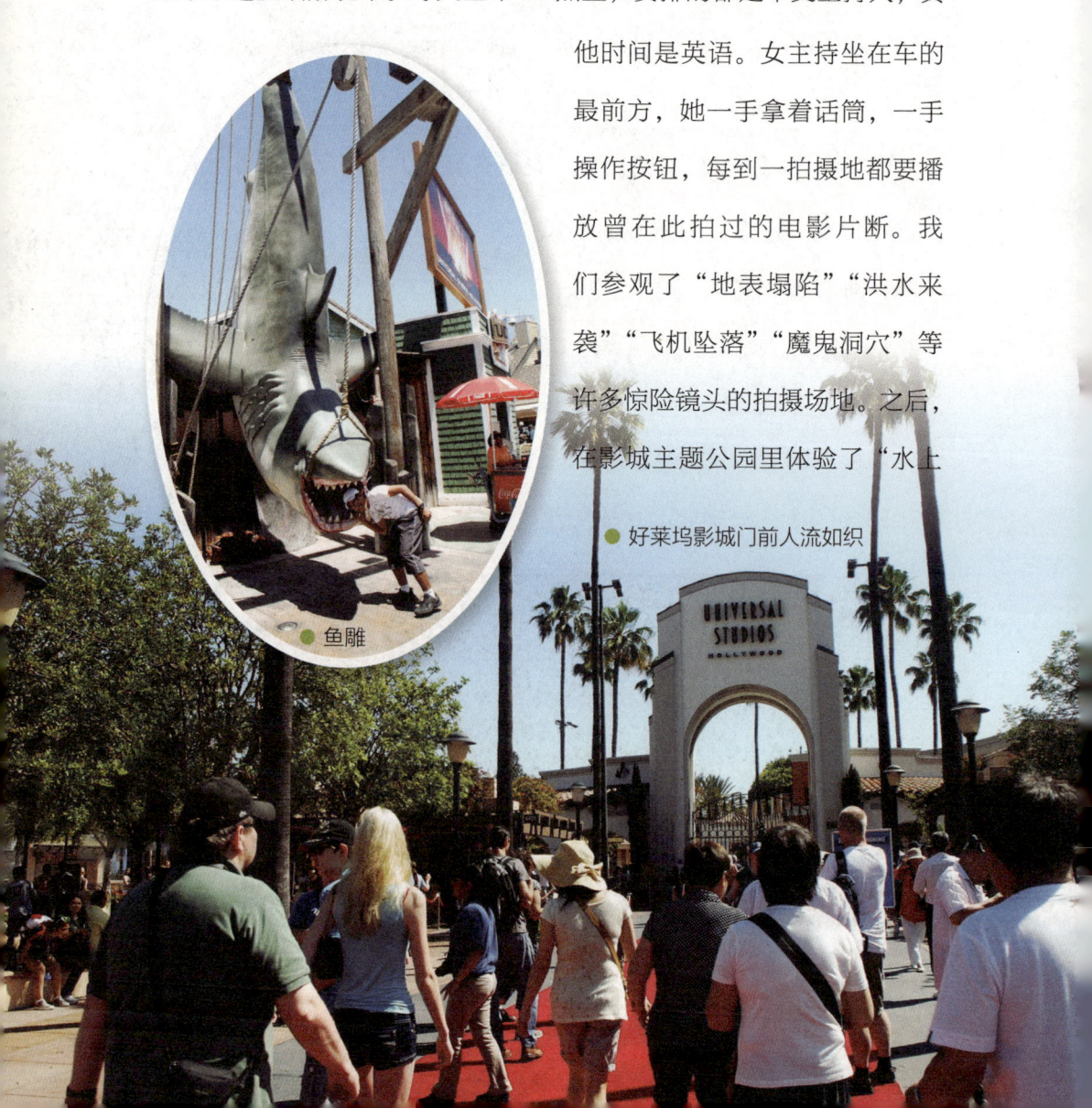

● 鱼雕

● 童话世界迪士尼乐园

● 孩童的天下

世界""太空遨游""史莱克4D""辛普森行程""侏罗纪探视""明星金刚"等项目,惊险万分,刺激有趣。

迪士尼乐园是世界上最大的综合游乐场,被称为"地球上最快乐的地方",其创始人名为沃尔特·迪士尼,他曾获26项奥斯卡导演、编剧奖,设计了众多风靡世界的卡通形象。迪士尼乐园始建于1955年,之中有"美国大街""明日世界""边陲之乡""冒险世界""童话世界"等主题板块,是世界上受众最多的乐园之一。

去|北|美　| Go to North America

　　洛杉矶唐人街Chinatown处在市中心北部地带的BROADWAY街道，距离我下榻的STAYHOTEL宾馆计3公里车程。唐人街已有上百年的历史，这里有华人协会、华人博物馆、华人医院，可谓华人一条街。唐人街皆是华人开设的商铺，出售的都是中国货。走在大街上，仿佛又回到了家乡。

　　洛杉矶，一个洒满阳光的城市……

　　洛杉矶，一个充满生机的地方……

● 唐人街牌楼富有中国建筑味道

第三章　美国：世界超级大国

美哉黄石公园

奇特的地貌，莽莽的森林，遍地的喷泉，劈开的峡谷……

这就是著名的黄石国家公园，一个被世人追崇的神秘之地！

黄石公园，地处美国西北部，坐落在有"美洲脊梁"之称的落基山脉，位于黄石河的源头，怀俄明州、蒙大拿州和爱达荷州交界之处，总面积8956平方公里，南北长101公里，东西宽87公里。这是世界上第一个国家公园，设立于1872年。1978年被联合国教科文组织列为世界自然遗产。

黄石公园奇特的地貌，是由100多万年前火山的连续喷发形成的。最后一次火山爆发是在64万年前，喷发释放出上千平方公里的火山熔

● 黄石公园里的间歇喷泉直冲蓝天

岩，形成了一个 84 公里长、45 公里宽、1 公里深的火山口。之中有峭壁、悬崖、峡谷、河床、喷泉、湖泊等，还拥有世界上最大的石化林。奇特的地理地貌，使这里成为地球上一处绝无仅有的景观。

黄石公园最罕见的是地热景观，因火山激烈喷泻的熔岩覆盖地表，热泉渗入岩层裂缝，极度的高温迫使滚泉向上喷窜，为此形成 300 多个间歇泉，还有泥浆泉、喷气泉、温水泉等一万多种地热形态。据悉，黄石公园地热地形已占全世界的一半以上，而全球三分之二的间歇喷泉都集中于黄石公园。诺里斯区是公园中地热最活跃的区域，这里位于三个断层区块交汇处，时常爆发新的间歇泉。

在众多的间歇喷泉中，"老忠泉"最为著名，它是众多间歇泉中喷发最有规律的一个，每间隔 93 分钟喷发一次，吸引了众多游客。有人说："到美国不去黄石公园等于没去美国，而到黄石公园不看老忠泉等于没去黄石公园。"此话确实有些道理，只有亲临老忠泉，才会真正了解这句话的含义。老忠泉前人山人海，数千人围于此参观。

在老忠泉间歇喷泉不远处，建有一处老木屋旅舍，是专门给参观老忠泉的游客提供的，但需提前预定才能得到床位。这个旅社全是实木建造，原始味道浓郁，融入到公园景色氛围之中。凡是住在这里的旅客，可以不间断地观看这一间歇喷泉奇景。

观看老忠泉的最佳时间是清晨。当东方的太阳喷薄欲出时，这里已布满了密密麻麻的人群，大家都等待着、等待着……

突然，一股擎天水柱喷薄而出，直上青云。水柱高达 55 米，有 20 层楼那么高，太壮观了！随着徐徐升起的太阳，伴着飞洒四射的朝霞，

第三章 美国：世界超级大国

● 黄石峡谷

映衬着茫茫的林海，展示着它气势冲天的英姿……

据公园工作人员介绍："50年前，老忠泉每隔一小时喷发一次，非常精确。但后来这里发生了一次地震，喷发周期延长到93分钟一次。"

黄石公园的第二大看点是黄石峡谷，那是由奔腾咆哮的黄石河所致。峡谷长40公里、宽500米、深400米，不同阶段不同岩层造就了不同风光，两边劈成的谷壁岩石以橙黄为主色调，夹杂着橘红、铁黑、葱绿、紫红、灰白等多种颜色，可谓异彩纷呈，绚丽斑斓，璀璨夺目。沿黄石河劈开的峡谷中又自然形成了上瀑布、下瀑布、高塔瀑布、火洞瀑布、彩虹瀑布等，还有峡谷岩石间不断喷出的热泉、热气、热水。五彩的岩石，飞泻的瀑布，蒸腾的气浪，使得黄石峡谷美丽异常……

黄石公园的第三大看点是黄石湖，该湖是由10万年之前一次特大火山爆发形成的，火山口变成火山湖，湖长32公里，宽22公里，深50米，其周长为180公里。这个坐落于海拔2400米的高山湖成为众

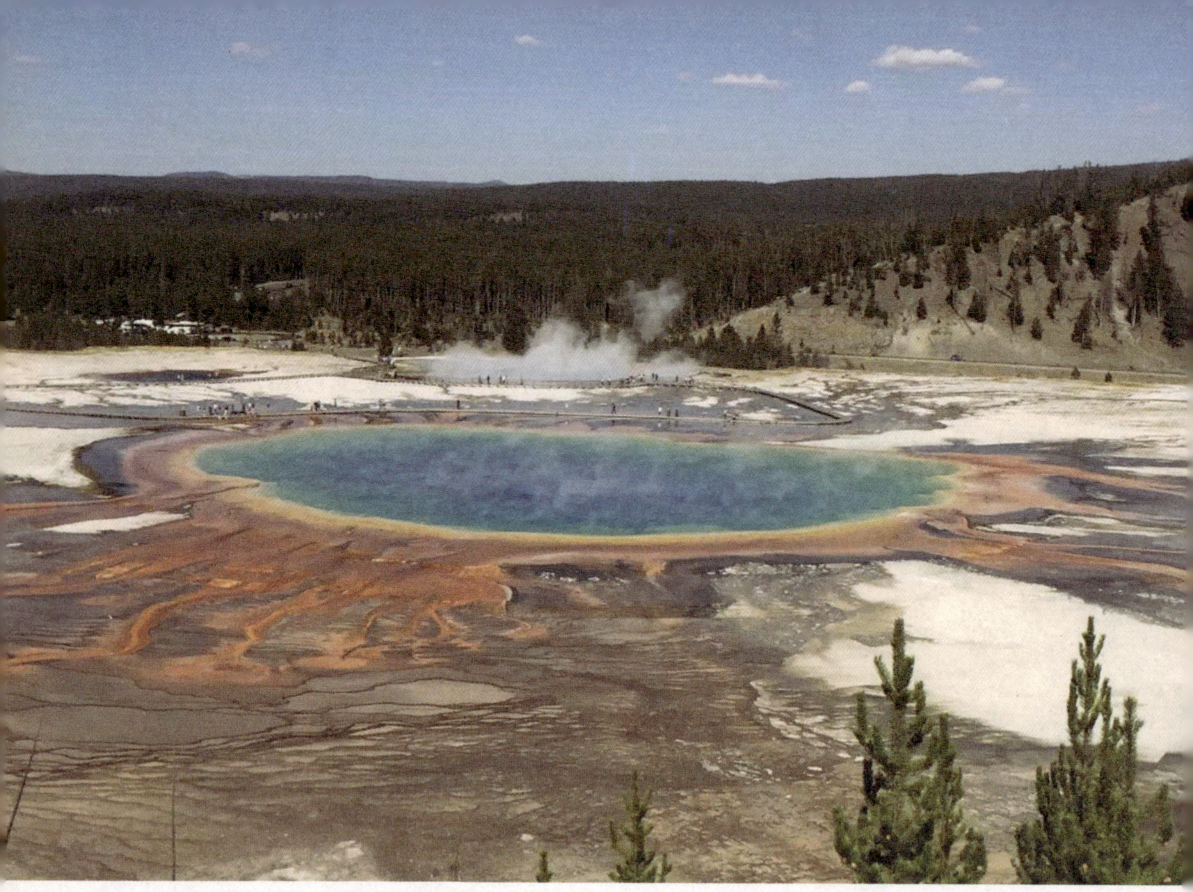
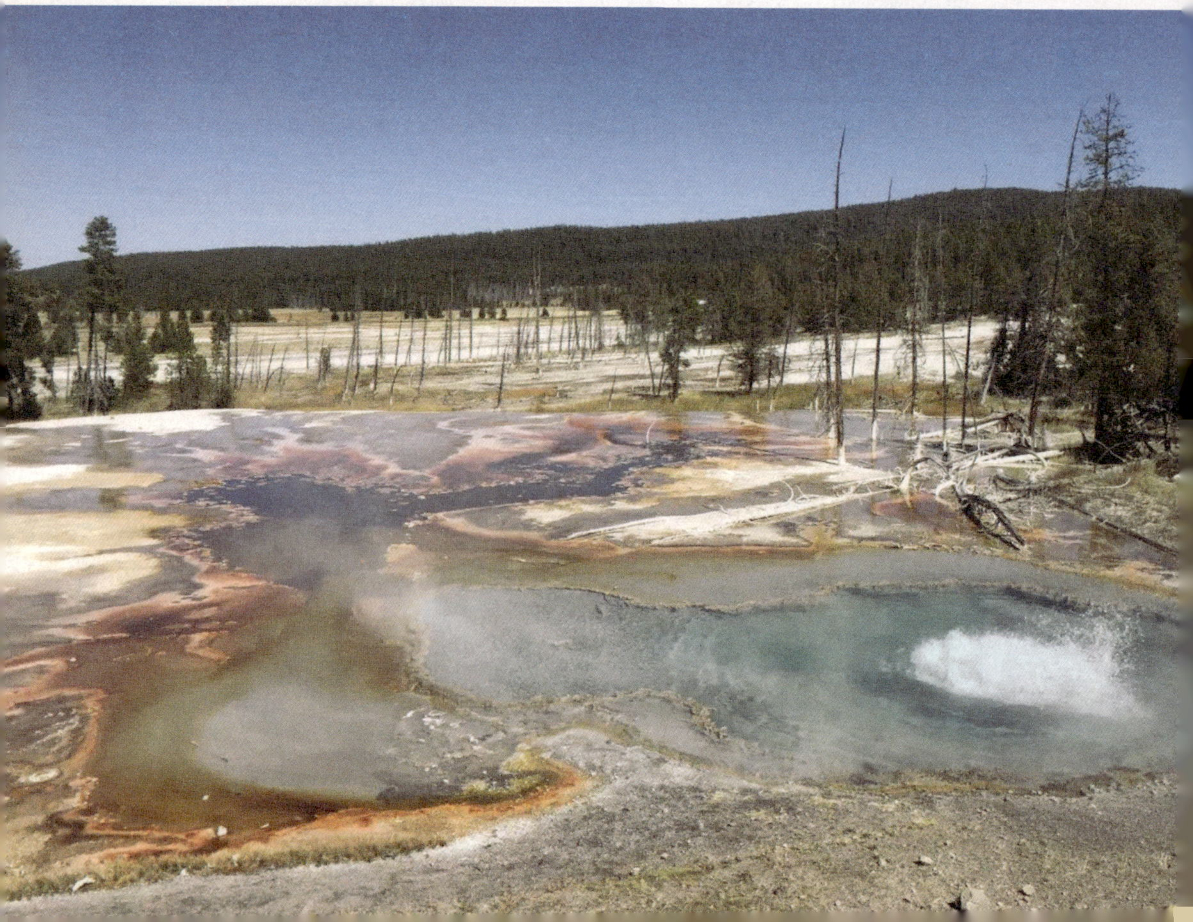

第三章 美国：世界超级大国

多河流的发源地，为此有"黄石公园之母"的称号。黄石湖非常漂亮美丽，尤其是朝阳和晚霞绽开之际，这里仿佛仙境之地，神秘之地，奇景幻境之地……

黄石公园独特的地理地貌，吸引了种类众多的野生动物，如灰狼、灰熊、野鹿、美洲狮、麋鹿、白尾鹿、野牛、羚羊等 2000 多种，还有珍禽飞鸟和鱼类。

黄石公园，不愧为"热喷泉世界之最"！

黄石公园，"地球上独一无二的神奇乐园"！

多姿多彩的黄石湖

华人集结地旧金山

旧金山因一百年前的淘金热而崛起。在淘金热潮中，上万名中国移民纷至沓来，创建了最大的中国社区——中国城。目前中国城有华人60万，是华人在美国最集中的城市。

走在大街上，随时可见华人和华人开的店铺，尤其是在中国城区

旧金山的中国城

第三章 美国：世界超级大国

中心，还有电影院、音乐厅、摄影馆等都是华人活动中心。最耀眼的是中国城牌楼上孙中山所写的"天下为公"四个大字，把中国人的心系在一起，在此发展、壮大。在中国城散步，并不感觉深处异乡，就像在自家门口一样。因为中国人的经营方式与外国人不同，这里沿用了传统的习俗，如街头标牌、摊点、货架等，都是中国风格。

渔人码头是最热闹最繁华之地，也是旧金山对外开放的招牌，海边上硕大的螃蟹标识是渔人码头的象征，许多游客站在此处照相留念，以示到此一游。还有的人一定要在此饱餐一顿，吃一只大螃蟹，再来两条鲍鱼和大虾，真正品品渔人码头海产品的滋味。其实，这里并非只有受人青睐的美食，还有博物馆、礼品店、购物中心、书店画廊、古董商场等林立街头，闻名于世的蜡像馆里，就有美国总统布什、克林顿的蜡像，还有"巴尔克拉萨"博物馆、"波丁酸面包"工厂等都是好去处。而大街上各式艺人的吹、拉、弹、唱，同样让你喜笑开心。更吸引人的是懒洋洋的海狮，大胆躺在码头木板上，有时嬉闹，有时滚爬，憨态可掬。

从渔人码头乘游船去观看金门大桥。这一大桥是旧金山的标志，也是旧金山的象征。拍一张以金门大桥为背景的照片，人人便知你曾来过旧金山。游船共两层，上去后每人发一个讲解器听筒，要选到中文广播收听。随着游船的起航，听筒里开始介绍金门大桥的情况。望着渔人

● 著名的繁华之地渔人码头

● 像巨龙一样横贯两岸的金门大桥

　　码头上的游人和山坡上的高楼大厦，望着波涛汹涌的大海和远处的金门大桥，聆听建桥的历史。横跨金门海峡的金门大桥始建于 1937 年，全长 2.73 公里、宽 18 米、高出水面 67 米，两个桥塔高 227 米，是世界最大的单孔吊桥，被称为现代桥梁工程的奇迹。

　　游船靠近大桥，望着头顶上这座暗红色的钢筋铁骨庞然大物，震撼之感油然而生，这就是日通过汽车超过 10 万辆的金门大桥！真是气势恢弘，蔚为壮观。过桥后，游船靠近恶魔岛，好恐怖的名字！双眼望去孤岛上杂草丛生，怪石林立，礁岩陡峭，海浪拍击，水花四溅。听介绍，

● 雾气笼罩的恶魔岛

| 第三章　美国：世界超级大国

世界上独一无二的的九曲花街

裸体壁画

这里原是关押要犯的地方，那白色的建筑就是昔日的监狱，我国钱学森博士曾在这里囚禁，后经周恩来总理周旋才被解救出来。

有名的九曲花街处在旧金山市中心位置的一段陡坡上。当我来到这里，被这一特殊的街心景观所折服。抬头望去，满街都是烂漫的花朵，开在绿草丛中，更加鲜艳夺目。汽车在万花丛中盘旋而下，一辆挨着一辆，犹如行走在一块鲜花铺展的地毯上。"九曲花街"是华人起的名字，实际它叫隆巴德街。这条全长400米的陡坡街切角45度，之中有8个急转弯，只能下不能上。花街两旁的步道为台阶状，行人只能拾梯而上，里边是住宅楼。背对九

117

曲花街可眺望旧金山市容、金门大桥和渔人码头。

　　旧金山之美只有亲自踏上这片土地才有感觉。它的美丽源于地理位置和气候，旧金山三面环海，有风光旖旎的海滩，地势跌宕起伏，有维多利亚式错落有致的建筑群，所有这些造就了这里丰富的层次感和优雅的线条美。加之既无严寒又无酷暑，气候温和，四季如春，阳光明媚，成为全球十个最佳居住城市之一。

● 世界博览会旧址

第三章　美国：世界超级大国

军港之城圣迭戈

洛杉矶到圣迭戈有 2 个小时车程。

汽车沿着太平洋海岸线南行，满眼绿色。

窗外，有山有湖有平地，一派生机。左侧多是村镇、工厂、农庄，右边是波涛汹涌的大海。这里有许多风格各异的别墅建在山顶，很多名人选择太平洋沿岸这一风景优美之地居住。当路过一座别致的摩门教堂时，向导说这个教堂曾因信奉邪教而受到政府查处。这段路程青山绿水环绕，房舍住宅稠密，环境幽雅，风景远比莫哈韦沙漠之行好得多。

汽车进入圣迭戈城，只见高楼大厦平地而起，而且样式造型新

去往圣迭戈的路—马平川

去|北|美 | Go to North America

颖独特。圣迭戈又名圣地亚哥，三面丘陵环抱，一面隔海湾小岛与大海相连，是美国第八大城市，人口87万。因为这里原是墨西哥领土，所以市内居民大多是墨西哥和西班牙人后裔。

汽车穿过密集的楼群，停在港湾一艘航母旁边，可以参观和拍照。站在岸边眺望，远处停有许多战舰、巡洋舰和航母，各式各样，形态不一。当地向导介绍，这里是美军著名的第七舰队所在地，也是美国海军在太平洋西海岸最大的军事基地，计有50多艘航母和战舰在此待命。向导说："圣迭戈湾既港阔水深，又有天然屏障，得天独厚无与伦比，所以此地又称军港是名副其实的。眼前的这艘航母是退役下来的，现已设为博物馆，共4层，来客可上去参观。"

与航母近在咫尺的是一尊男女接吻的巨型塑像，十分抢眼，人们排着长队等待在此留影。塑像是一名年轻士兵拥抱

● 冷酷的航空母舰旁是温柔的"胜利之吻"雕像，令人遐想

第三章 美国：世界超级大国

着一名年轻女士在贪忘情地深吻。向导向我介绍说，这一塑像名为"胜利之吻"。1945年8月14日，纽约市区到处是庆祝二战胜利的人群，人们情绪亢奋，激动狂欢，素不相识的人彼此拥抱亲吻。在时代广场，一名水兵和一名白衣护士相逢，他们也相拥在一起，深情亲吻，非常投入。此时，纽约时报摄影记者抓拍了这一瞬间并发表在《生活》杂志封面，于是"胜利之吻"照片传遍美国，这尊塑像就是根据那张照片雕刻而成的。

● 圣迭戈风光

● 街景

之后，穿过城区，跨越一条长长的海湾大桥来到圣迭戈市区对面的科罗拉多岛游览。汽车徐徐上岛，公路两侧皆是别墅和高级住宅，掩入高大的树丛中，街道、房屋非常整洁，纤尘不染，格外幽静娴雅。

走过一片密林和草坪，我们来到科罗拉多大酒店，这是一座古老而又著名的大酒店，楼里楼外装饰豪华，前门广场上一对黑人男女正在举行婚礼。走进酒店，幽暗而静雅。过大堂是后花园，院落中的花草树

去|北|美 | Go to North America

● 著名的科罗拉多大酒店　　　　　　　　● 酒店是举行婚礼的理想之地

木喷泉岩石，精致而华美。从后花园侧门出去是一片大草坪，边缘是盛开的蓝花和高大的棕榈树，再向前走是大海、沙滩和浴场，这就是古老而闻名的科罗拉多大酒店。

酒店为什么出名？向导告诉我："这里曾是大发明家爱迪生首次安装电灯的酒店，也是好莱坞外景拍摄地，著名影星梦露就是从这里走进人们视线的来的，这些足以让酒店闻名于世！"

圣迭戈，冷酷的美军基地……

圣迭戈，热烈的"胜利之吻"……

温馨提示

中国人去美国的签证延长为10年期，不过办签证较为繁琐且要求严格，拒签率较高。但如果没有拒签记录基本不会有问题。目前中国人去美国上学、工作、旅游者很多，通过旅行社或中介组织办理较为容易。美国和加拿大一样，是移民国家，华人很多，分散于洛杉矶、旧金山、纽约等城市和各州。美国很多地方都有唐人街、中国城。尽管在地球的另一面，但美国与中国的纬度相差不多，地形相似，南北差异相仿，所以很快会适应环境。

去|北|美 Go to North America

第四章 墨西哥：众多的世界级历史遗迹

墨西哥
众多的世界级历史遗迹

4

墨西哥地处美国南部，是南美洲、北美洲陆路交通的必经之地，素称"陆上桥梁"，其国土面积为197万平方公里，人口1.2亿。墨西哥是北美洲乃至整个美洲大陆印第安人古老文明的中心。闻名于世的玛雅文化、托尔特克文化和阿兹特克文化均为墨西哥古印第安人所创造。步入墨西哥境内，到处都有历史遗迹，被联合国教科文组织列为世界遗产的达29处。其中有墨西哥城、太阳金字塔和月亮金字塔、特奥蒂瓦坎古城、乌斯马尔古城、奇钦伊察玛雅遗址等等。墨西哥有"玉米的故乡"之称，玉米是墨西哥古印第安人培育出来的。墨西哥还有"仙人掌的国度""白银王国""浮在油海上的国家"等美誉。

去|北|美 Go to North America

边关之城蒂华纳

蓝天，白云，碧海。

汽车在太平洋海岸线飞驰，向着蒂华纳推进……

蒂华纳是墨西哥边陲城市，位于墨西哥西北角的太平洋海岸，靠近美国边界。

我是从美国圣迭戈乘汽车前往的，18公里车程仅用10分钟时间，便到达蒂华纳。

墨美边境检查站分别挂有美国和墨西哥国旗，两个通道右为进、左为出。奇怪的是进入墨西哥的入口免检，墨方没有一兵一卒或者说没有任何检查人员把守，人们就像去市场一样，随便进入。我把事先准备好的护照收起来，大踏步地进入墨西哥境内。向导介绍说，如果

从此口进入墨西哥边境城市蒂华纳

| 第四章　墨西哥：众多的世界级历史遗迹

从墨西哥回美国那就大不一样，不仅严格检查护照，还要像乘飞机一样通过安检，有一点点疑问就会被阻拦，主要是偷渡的人太多了。

一过边境，右侧墙壁上写有"MEXICO"字样，说明已经到了墨西哥。出口停满了黄色的出租车，司机频频招手承揽客人。其实从这里步行到蒂华纳市区只有一刻钟时间，市区几乎和边境线连在一起。

走进市区，站在蒂华纳大道，给人的第一印象是凌乱，地上的纸屑，墙上的图鸦，无序的摊点，嘈杂的叫卖，让人有些无措。但街道两旁的建筑很有特点，尽管不比美国的高楼大厦，但其造型、装饰、布局蛮新颖的，特别是蒂华纳大道上耸立的巨型半圆钢圈直抵云霄，这是在千禧年到来之际建造的，它像长虹飞跨蒂华纳大道，十分壮观，成为蒂华纳的地标和形象。蒂华纳大道两侧处处可见石人塑像和木雕出售，大街上的墨西哥人只要见到中国人就喊"马马虎虎"，其实是向你兜售当地产品，他们的意思是"您好"！不知道哪位中国人教墨西哥人说汉语

● 进入蒂华纳

● 色彩斑斓的毛驴车是一道亮丽的风景线

127

去|北|美 | Go to North America

将"您好"演变成"马马虎虎"！最引人注目的是，马路旁的毛驴车装饰华丽，极有民族特色，车主不断向我喊着"马马虎虎"以示乘坐。街头布满金银首饰摊点，十分便宜，只要花一美元就能买到一件非常漂亮的银制头饰。这里的银制产品很多，其中有三个妇女围住我们，一个劲地喊"稀里糊涂""稀里糊涂"，出示银制手镯，她们又把"马马虎虎"演变成"稀里糊涂"，真是好笑。我沿蒂华纳大道走了一趟，购买了许多手镯和银制品。

● 古老的城墙下满是售货摊点

● 精神焕发的蒂华纳女郎走在繁华的步行街

在蒂华纳大道尽头西侧，横卧着一堵浅红色的城墙，这是城区最古老的城墙。依城墙为背景，这里延伸出去一条古街，为步行商业街，比蒂华纳大道繁华得多，两边尽是餐馆、商场，街心尽是摊点、展铺，出售各式各样的当地产品。街心还有献艺歌唱的、售卖画作的，煞是热闹。一条不足百米的大街热闹异常，其规模虽与纽约时报广场无法相比，但嘈杂叫喊声大有过之。

过古城墙西行是娱乐城，其实就是红灯区。在蒂华纳，

第四章 墨西哥：众多的世界级历史遗迹

红灯区是合法的，而且手续、体检都经过严格审查。陪同人员说："娱乐城对于我们来说视为腐朽，但从另一方面讲，它是一种文化，就像荷兰的橱窗女，是一道风景线，看看可以扩大知识面，了解一下西方的东西，但必须收起照相机和摄像机，不能搭讪和答话。"

娱乐城有两个街区，二三百米长。走在马路上，只见两侧站满打扮时髦、花枝招展、袒胸露背的女士，她们一字排开，一个门帘边站一个，有的用手帕遮掩脸部，有的前身贴墙背朝街道，有的低头看地，也有的面朝行人，还有的主动与过客搭话。我们安静地走着，悄悄地躲闪，生怕引火烧身。当走到马路中间部位，突然四

● 花花绿绿的红灯区上很多不雅动作不堪入目

● 红灯区街头招揽生意的人们

● 向过客招手的女郎

● 街头表演的小丑

129

个大汉挡住去路，用英语与之交涉不起作用，前边的向导无奈，于是按照汉子手势带我们走进这家娱乐场所。黑洞洞、暗乎乎、昏沉沉，只有微弱的一点点灯光，里面坐满顾客，正在观看穿着三点式服装的女郎表演，我们屏息飞快地穿过大厅从后门出去，向导长出了一口气胆怯地说："这种场合只能这样，你可以不看，不可以不去，用中国人的话说，这是给他面子，否则大汉会对你施暴，我们毫无办法，只能顺应当地习气。"

蒂华纳不能久留，这是出国之前一位朋友讲的。据当地一位华人介绍，蒂华纳是墨西哥走私、贩毒、黑社会的集结点，屡屡出现绑架和枪杀案，前不久此地就有两名警察被枪杀。这主要与地理环境有关，由于地处边境，天高地远，墨西哥政府很难完善管理。同时也有历史的原因，蒂华纳1862年之前为一大牧场村落，到1890年全村只有242人。1939年墨西哥将蒂华纳开辟为自由区，许多人涌入这里发展。此外，墨西哥盛产白银，产量居世界之首，聪明的墨西哥人将白银及白银产品运到此地，再偷渡到美国，于是这个边境小镇慢慢发展为墨西哥的第四大城市，人口上百万，其中华人有7500人。

蒂华纳，一个走私、贩毒的集结地⋯⋯

蒂华纳，一处"灯红酒绿"的花花世界⋯⋯

第四章 墨西哥：众多的世界级历史遗迹

墨西哥首都墨西哥城

我从蒂华纳乘坐墨西哥航空公司的飞机飞向墨西哥首都墨西哥城。

通过机窗俯瞰这座古城，黑压压的楼房鳞次栉比，像密密麻麻的积木，一块紧接着一块。

一下飞机，骤然感到气温蒸腾，热浪翻滚而来。原来，这里处在北纬19度，与中国海南的海口纬度相同。我连忙换上衬衫短裤，沐浴在热带阳光之中。

● 墨西哥城中心广场

墨西哥位于北美洲的西南部，东濒墨西哥湾和加勒比海，西部和南部临太平洋，是一个拥有众多世界遗产的国家。有玛雅文化遗迹、西班牙风格的殖民地建筑及古林古木自然保护区等，被联合国教科文组织列为世界文化遗产和世界自然遗产的地方达 29 处，排名世界第 6 位，仅次于意大利、西班牙、中国、德国和法国。其中，首都墨西哥城于 1987 年被列入世界文化遗产。

汽车驶入墨西哥古城，只见古渠、古街、古楼、古树比比皆是，这是北美洲最古老的历史文化名城。墨西哥城的诞生要追溯到 13 世纪初，印第安土著阿兹特克人迁徙途中认为上帝为他们安置的落脚之地是一只展翅的雄鹰嘴里叼着一条蛇停歇在仙人掌上的地方，他们经过两百多年的寻找，最终找到了这个地方，于是定居下来，并称作墨西哥，且把鹰叼蛇的情景作为墨西哥的标志印在国旗上。

1521 年之后，西班牙殖民者多次入侵，先后统治 300 多年，经过墨西哥人民的斗争才取得独立，成立墨西哥合众国，首都为墨西哥城。墨西哥城海拔 2259 米，人口 2200 万，号称"世界第一大城"。由于西班牙占领时期留下大量金碧辉煌的欧式宫殿和教堂，墨西哥城又被称为"宫殿之都""美洲之光"。

行进在古城，无论从哪个角度，都可以看到墨西哥城的地标拉丁美洲塔。塔高 42 层，到达顶层可将全城尽收眼底，尤其是宪法广场十分清晰，还有纵贯全城南北的起义者大街和东西向最繁华热闹的改革大道。改革大道是 1865 年仿照法国林荫大道设计的，全长 15 公里，宽 140 米。大街两旁有高 230 米的改革大厦、汇丰银行大楼、自由塔、查普尔特佩克公园、国家人类学博物馆及许多豪华住宅等。

国家美术宫坐落在拉丁美洲塔一侧。从外表上看富丽堂皇，精致

| 第四章　墨西哥：众多的世界级历史遗迹

豪华，这是墨西哥文化艺术活动的最高殿堂，许多大型文艺公演活动都在此举行。美术宫从 1905 年开始破土，历时 30 年竣工。

从美术宫东去，是一条非常繁华的步行街。街上店铺林立，人流如河，热闹非凡。走到街道尽头，视线骤然宽阔，原来这就是闻名于世的宪法广场，俗称索卡洛广场。这是墨西哥城的中心地带，虽然比不上我国天安门广场大，但其热闹程度却也不输。广场北部是大主教堂，东面是国民宫，南面为市政府大楼，西面是商业楼群，东北角是阿兹特克大神庙遗址。广场面积为 4.68 万平方米，之中飘扬着墨西哥国旗。

墨西哥广场上的国旗十分醒目，幅长 50 米、宽 28.6 米，堪称世界国旗之最，其幅面为绿白红三色，绿代表希望，白表示团结，红色象征鲜血。硕大的旗帜迎风飘动，旗帜中那雄鹰叼长蛇的情景，异常醒目！

国民宫是广场上最令人注目的建筑，游人可以自由进入参观。我穿过众多的叫卖摊点，进入由两名

● 巍然屹立的墨西哥城地标建筑拉丁美洲塔坐落于国家美术宫一侧

133

去|北|美 | Go to North America

士兵把守的宫门，抬阶而上，首先映入眼帘的是台阶两侧的大型壁画，随着步步台阶，可见壁画从楼梯一直延伸到二楼走廊的中段。壁画栩栩如生，活灵活现，十分逼真。这幅巨大的壁画是著名艺术大师迭戈·里维拉的杰作，题为《墨西哥的历史》，记述了墨西哥从阿兹特克时代到现代的发展历程。墨西哥的壁画世界闻名，因而墨西哥也有"壁画之都"之称，在大街上、饭店中、宾馆里都有很多很多壁画，最著名的是墨西哥国立自治大学，那里到处都是壁画，其图书馆大楼被壁画装满，蔚为壮观。

国民宫为三层建筑，围起的

● 人头攒动的步行街尽头是宪法广场

● 墨西哥城区中心宪法广场古教堂上空飘扬的墨西哥国旗是世界国旗之最

● 宽厚庄重的国民宫横卧在广场正面，彰显权势的力量

● 国民宫宫内走廊壁画栩栩如生，显示墨西哥是世界"壁画之都"

第四章　墨西哥：众多的世界级历史遗迹

四合院中央有一巨型塑像。国民宫经历五个多世纪，从最初的阿兹特克帝国的王宫到殖民当局的总督府，再到独立后的国民宫，饱经历史沧桑，但它一直是国家行使权力的地方。每年9月15日国庆日前的夜晚，总统都会站在三层的中心阳台面朝宪法广场高呼"墨西哥万岁！独立万岁！"，这一传统持续了两百多年。

广场北侧的大主教堂是墨西哥乃至美洲最大的教堂，从1573年开建到1823年竣工，花去将近三个世纪。教堂采用典型的巴洛克风格，堂内的名作《市议会礼拜堂》出自宗教绘画巨匠姆利尼奥之手。

从教堂与国民宫夹角处东北行，穿越过墨西哥老城的模型图，来到阿兹特克大神庙遗址。只见一片乱石碎瓦和破旧的根基，如果不是听取讲解员介绍，还真不会破解遗址之谜。这处神庙遗址是于1978年铺设电缆时被发现，随即出土一块重达8吨的月亮神巨型雕像，震惊了世界，之后又出土了水神石像、蛇头像、祭坛等。这处遗址只有500米见方，占地25万平方米的空间，却容纳了大神庙多处古迹。神庙外形是一个锥体金字塔，前方分布着风神庙、玉米神庙、太阳神庙等十处建筑。

三种文化广场坐落在墨西哥城的东北部。来到这里，首先呈现在面前的是一片

● 挖掘出土的著名阿兹特克神庙遗址

135

去|北|美 Go to North America

废墟，隐约可见破旧的地基和碎砖石块。据介绍，这里就是古代印第安阿兹特克人所建造的金字塔、神庙等遗迹，这是第一种文化。另一种文化是在遗迹的一侧有座保存完好的圣地亚哥修道院和大教堂，这是在殖民时期建造的。据悉，1527年殖民者下令拆除了印第安人的金字塔和神庙，用拆下的石砖又建了教堂和修道院。第三种文化是矗立在遗址旁24层高的外交部大楼，它代表了现代文化。

到墨西哥，决不能错过去国家人类学博物馆的机会，它坐落在墨西哥城之肺——查普尔特佩克公园。公园占地面积800公顷，是美洲最大的城市公园。穿过一片大森林来到博物馆时，这里已排起长队。据介绍，这是拉美最大的博物馆，每年接待观众200多万人次。我走进博物馆，参观了古印第安人的起源、生活等展出。馆内最著名的标志性展品是重达24吨的太阳石"阿兹特克万年历"。太阳石直径3.6米，圆盘中央雕刻着太阳神，周围的4个三角形图案代表宇宙迄今为止经历的4个时代。每个时代要经过新太阳的诞生和旧太阳的灭亡过程。

● 国家人类学博物馆保存的世界珍宝——24吨重的太阳石阿兹特克万年历

● "人类繁衍"壁画放置在博物馆最显要位置供人们欣赏

第四章 墨西哥：众多的世界级历史遗迹

而正中央的第5个太阳则象征着目前正经历的太阳时代。历法浮雕图案组合说明1个月20天，一年18个月，加之空白的5天恰好是365天。阿兹特克人照此年历农耕劳作。

在墨西哥城，我还参观了独立纪念碑和革命纪念碑。独立纪念碑矗立在改革大道一端的街心环岛上，是为纪念墨西哥独立100周年而建造的。碑高36米，碑顶用天使雕像装饰，故又称天使碑。碑内长眠着伊达尔戈神父、莫雷洛斯、阿兰德等独立运动英雄。天使碑模型曾在上海世博会期间展出。从起义者大街北行过特莫克纪念碑东去不远处便是革命纪念碑，在起义者大街即可看到。革命纪念碑是为纪念革命前辈的，碑上部为铜质圆形穹顶，上有革命英雄形象的浮雕作品装饰，下部四根支柱，支柱下安放着马德罗、卡兰萨等革命领袖的遗骸，地下室设有国家革命博物馆。

去|北|美 | Go to North America

　　墨西哥城是厚重的，古代的、殖民时期的、现代的三种建筑交织在一起，韵味悠长。墨西哥城是包容的，白种人、黑种人、黄种人共同生活着，和谐共存。但，墨西哥城的另一面也会让人感到不安，诸如其贩毒猖獗在全世界有名，时常出现枪击场面，贩毒者与治毒者交火，有可能误伤无辜的百姓。此外其黑社会组织活动猖狂，常发生枪战，打死人的情况时有发生。这里没有死刑，可以用钱赎回犯罪者，这也是造成枪杀频繁的原因。为此一些企业家出行都雇有保镖，以防不测。墨西哥城还是污染严重的城市，由于坐落于群山环抱的洼地，有害气体排不出，常常烟瘴笼罩。

　　墨西哥城，一座历史悠久的文化名城！

　　墨西哥城，一个不可多得的"宫殿之都"！

● 墨西哥城街头的玛雅人

● 神庙遗址夜景

● 穿着民族服装的当地人

第四章 墨西哥：众多的世界级历史遗迹

攀登太阳金字塔、月亮金字塔

到墨西哥，不去特奥蒂瓦坎的太阳、月亮金字塔等于枉费此行，就像到中国没有去爬长城。1987年这里被联合国教科文组织列为世界文化遗产。

我们从墨西哥城驻地画廊大厦起程，沿起义者大街北行，向40公里外的太阳、月亮金字塔行进。起义者大街全长28.8公里，号称世界城市第一长街，两旁高楼林立，绿树成荫。汽车驶出市区后，高楼消失，出现在窗外的是山峦中的破旧房屋，密密麻麻，一直蔓延到山顶。据介绍，这片贫民窟居住着600多万贫民，当地政府无力改造建设。

车行一个多小时，穿过一个小镇，路边和野地出现众多的仙人掌，

● 各种仙人掌类植物

其中有球拍形、圆球形、木桩形等，造型千奇百怪，简直成了仙人掌的世界，墨西哥被称为"仙人掌之国"真是名副其实。仙人掌是墨西哥的"国花"，又出现在国旗、国徽中，对于墨西哥人来说，它是墨西哥民族坚强不屈、坚韧不拔的象征，因为它生长在沙漠，既耐旱又耐高温，生命力很强，枯过之后，又出新枝，永生不灭，被称为"生命之树"。

一声车鸣，太阳、月亮金字塔到了。入口没有什么明显的建筑，绿墙一样的仙人掌树掩映着一尊巨大的石人像，显露出古遗址的存在。走进去方知这里是一处古城遗址，名叫特奥蒂瓦坎城。站在古城遗址的入口处瞭望，大片星星点点的古城遗址出现在眼前，之中就有著名的太阳金字塔和月亮金字塔。

我没有急于进去参观，而是首先听向导任虹宇讲解。任虹宇是中国河北人，现就读于墨西哥大学，他是五年前随父母来到墨西哥的。任虹宇介绍，我们脚下的特奥蒂瓦坎古城建造于公元前2世纪，坐落在火山坡谷底，面积20平方公里，海拔2300米。"特奥蒂瓦坎"在印第

● 沿中轴线前行，左右两边分别是月亮金字塔和太阳金字塔

第四章 墨西哥：众多的世界级历史遗迹

安语中意为"造就神灵之地"，为此这里有"众神之城"的美称。当地相传地球上共出现过5个太阳，当第一、二、三、四个太阳消失之后，天地一片黑暗，一切生灵即将失去生命。这时，宇宙间的众神下凡到达特奥蒂瓦坎点燃篝火照亮天空，变成第五个太阳，这就是太阳神。于是特奥蒂瓦坎人在此建造了都城，人口超过20万。然而，到8世纪，特奥蒂瓦坎人突然神秘消亡，古城遭破坏，给世人留下谜团，成了拉丁美洲规模最大的古城遗址。

特奥蒂瓦坎古城有多处建筑，我首先参观羽蛇神庙。它坐落在古城的东南角，是唯一一座有四面院墙的神庙，建筑精美别致。正面为羽蛇、水与农耕之神和雨之女神石雕装饰，石壁表面还残留着红绿痕迹。庙址土台上原来建有金字塔，现已不复存在。站在平台，远处的太阳金字塔和月亮金字塔赫然在目。

出羽蛇神庙，沿古城中心南北轴线黄泉大道北行，望着两侧的根基、坑道、断墙、台阶等各式各样的遗迹，心中生出一种沧桑感：那个时代就能建造巨塔、巨庙，而且雕刻如此精美考究，让人折服，不能不感叹古人的聪明才智，可惜昔人已去，空余这残缺的遗址，让后人慨叹！黄泉大道宽45米、长4公里，是当年送葬贵族要人棺木通过的道路。与黄泉大道相交的东西支道，与宇宙星辰联系密切，如北方与北斗星呼应，东西两端分别指向天狼星及昴宿星。

走出两公里多，来到太阳广场前。站在遗址平台上望去，一座雄伟的太阳金字塔矗立在眼前：那厚重的塔基，古老的塔墙，陡峭的登塔台阶，支起蓝天的塔顶，蔚为壮观，令人赞叹！

● 雄伟的太阳金字塔巍然屹立在云天之下

● 到达太阳金字塔塔顶的人们欢欣鼓舞

● 塔顶正中央的园形铜盘闪闪发亮

穿过广场走到塔根，从第一个台阶开始攀爬。这里的海拔比墨城还高，刚走上几步就汗水淋淋，气喘吁吁。如此看来，要流多少汗水才能登完365个台阶到达极顶呢？台阶很陡，近乎直立，但还是要下决心爬到这座世界第三大金字塔塔顶。还好，登塔道安装了绳索扶手，共设了五层休息台，累了可以小憩。在攀爬过程中，任虹宇边登边介绍说，整个金字塔高65米，底边边长225米，总体积为100多万立方米，塔身共用去250万吨土石堆砌。据推测，当时用去一万多民工，耗费10年工时。

经过半个多小时的攀登，终于到达太阳金字塔极顶，举目远眺，山水景色尽收眼底，尤其在此观赏月亮金字塔别有情

第四章　墨西哥：众多的世界级历史遗迹

趣。到达极顶的人们，有的展臂高喊，有的开怀大唱，有的注目远方，更多的是抓紧时间拍照、留影。在顶部的中心位置有两处标识引人围观，一个是聚焦石，它可将阳光光线聚焦于此，发出灿烂的光环；另一个是铜盘，记载着这里的位置。据悉，塔顶上原本有个神庙，太阳每年有两次机会正好位于金字塔的正上方，耀眼的阳光幻化成背景，映衬得整座金字塔熠熠生辉、光芒万丈。这应该是当时后人精密计算出来的。可惜的是，神庙已毁，只留下隐隐约约的遗迹。

月亮金字塔是特奥蒂瓦坎古城中的第二大建筑，当来到月亮广场，感觉比太阳广场大得多。广场北侧立有一个大石块，那是古人的一具头像雕刻，不过面目已毁，只留下些微痕迹。月亮金字塔塔身高46米，底部长150米，宽130米，为长方形，塔的正面设200多级台阶。月亮金字塔没有太阳金字塔高，但它所占据的位置重要，坐北朝南，而且正好对应黄泉大道。因为它坐落在一处高地，所以看上去并不比太阳金字塔低，建造也比之精细，台阶更加陡峭，攀登相对困难。据介绍，

● 秀美的月亮金字塔和塔前巨石雕刻

去|北|美　Go to North America

大型的宗教仪式大都在月亮金字塔举行，这更说明它的重要性。

　　在特奥蒂瓦坎古城，我们还参观了蝴蝶宫、美洲豹宫等，其中的浮雕、壁画线条清晰，造形独特，颜色鲜艳。

　　走出特奥蒂瓦坎，让人不得不产生思考：这样大规模的古城怎么会瞬间消亡了呢？古人没有留下任何文字记载，更使它披上了神秘莫测的面纱……

蝴蝶宫遗址

景区古装表演吸引游客

第四章 墨西哥：众多的世界级历史遗迹

古城梅里达

到梅里达古城时正值中午，太阳高照，万里无云，给人的第一感觉是静谧、整洁、美丽。窄小的街道，古老的建筑，仍保留着浓郁的殖民地气息。城内街道呈棋盘状，东西方向的道以奇数命名，南北方向的街以偶数命名，行走在大街道上一目了然，不会迷失方向。

梅里达坐落于墨西哥尤卡坦半岛，是尤卡坦州的首府。这个州聚集了众多玛雅古文化文明遗址，是墨西哥古遗址最多的一个州，被誉为"通往沉睡在密林深处的古代遗址的起点"。

午间，在洛斯阿尔门德罗斯广场旁边一家餐馆吃过饭后，从南北

● 梅里达洛斯阿尔门德罗斯广场纪念碑

145

○ 广场一角卖衣服的少女 　　　　　　　　　　　○ 小镇路边踩高跷的女人

　　方向的52街拐到东西方向的59道西行，感受这个古镇上的居民、商店、银行、住宅等真实情况。步行在狭窄的街道，不时会遇见一些出乎意料的现象，如踩高跷的女人、打花脸的少年、赤身的独身主义者、拉人的观光马车等。行至60街十字路口，一边是耶稣教堂，一边是街心广场，广场聚集了很多人，有卖艺的、摆摊的、下棋的，很是热闹。

　　沿60街南行，两旁商店密集，行人也多起来。行至东西方向的61道，眼前出现了一个很大的广场，据说这是索卡洛广场，为古城的中心位置。广场东侧是大教堂，南侧是蒙特霍故居和现代美术馆，西侧是市政厅，北侧是州政府大厦。走进州政府大厦参观，尽管叫大厦，其实只有三层高，但建造得非常精美，整座建筑呈绿色。沿一楼台阶而上，对着楼梯的墙壁是一巨幅壁画，题为《人类诞生于玉米之中》，据说这幅画非常之珍贵，是这里保存的27幅玛雅文明主题壁画中最著名的一幅，闻名遐迩。玉米是墨西哥数千年来古代文明的物质基础，也是墨西哥食谱中的灵魂。进入二层，有一个非常豪华的艺

○ 州府内巨幅珍贵壁画《人类诞生于玉米之中》

○ 州政府大厦外一片绿意

第四章 墨西哥：众多的世界级历史遗迹

术展厅，从这里可以俯瞰广场，很有诗意。

市政府建造得也非常豪华，并不亚于州府大厦，为典型的殖民地建筑。一层和二层都是穹形门窗，中间是耸入云天的塔状钟楼。登上二楼走廊，突然下起大雨，透过廊柱，看到雨中的广场绿树、教堂塔楼别样风情。

雨停后，我来到广场南侧的蒙特霍故居参观。蒙特霍是西班牙人，他于1542年带领西班牙军队征服了尤卡坦半岛，占领了这座古城，自此古城成了殖民者控制内陆地区土著居民的基地，并用他暴敛而来的巨额资金建造了这座拥有热带植物园林的大型豪宅。站在故居前，只见入口处的墙壁上有雕刻装饰，这些雕刻展示了侵略者践踏土著居民的场景，栩栩如生的画面，再现了当年的历史。

夜幕降临，索卡洛广场淹埋在一片歌舞声中，大教堂、市政厅、州府大厦、蒙特霍故居等建筑在霓虹灯的照射下，更加鲜亮辉煌。这个曾被玛雅人称为"蒂霍"的古城，沉浸在欢乐的气氛之中……

去|北|美 | Go to North America

踏访塞莱斯通渔村

梅里达郊外的塞莱斯通是尤卡坦半岛著名的旅游景点，是观看火烈鸟的极佳之地，凡到梅里达的游客都不会错过这个机会。墨西哥政府已将塞莱斯通河口列为国家自然保护区。

出梅里达城区西行，过城郊一个较大的镇子，汽车驶进一片沃野之中，没有庄稼，但见两边零散的树木，看上去很原始，应该没有被破坏过。林木中，掩映着稀疏的玛雅人住宅。

途中，望着玛雅人的草房，聆听当地向导的介绍。这是玛雅人的居住区，他们很早就生活在这片土地上，可追溯到公元前 3000 多年前。玛雅人是古代印第安人中的一支，大都生活在墨西哥的东南部，尤卡坦半岛占多数。玛雅人创造了璀璨的古代美洲印第安人文化，可与饮誉全球的世界五大古代文明相媲美。公元 320 年以后，是玛雅文化的鼎盛时期，他们兴建了大量城邦、金字塔和神庙，如位于墨西哥东南部的帕伦克和位于危地马拉境内的蒂卡尔及位于洪都拉斯的科潘等。公元 909

第四章　墨西哥：众多的世界级历史遗迹

年之后，玛雅古文化中心转移到尤卡坦半岛北部，先后建立了乌斯马尔、奇琴伊察、图卢姆等，而这些建筑都在热带雨林中。玛雅古城突然消亡，成为人类未解之谜。历史学家分析可能是战争、灾害、气候和疾病所致。目前，农村里还有一些玛雅人的后代，但他们说不清楚。

汽车穿越一个村子时停下来，我顺便走进一家玛雅人的住处做客。这是一座圆顶的茅草房，土墙外壁涂了一层白灰。走进去黑洞洞的屋子里一点阳光也没有，室内有吊床、灶具、桌凳，十分简陋，一位80多岁的老太太是这里的住户。老太太说，她丈夫的老爷爷就住在这里，草房已有200多年的历史，院中的一棵古树可以作证。老太太继承了玛雅人的手

● 塞莱斯通村的玛雅老人在茅草屋门口迎接客人到家里来做客

● 生下来一直在此茅屋居住的玛雅老人

● 当地向导介绍玛雅老人亲手绘制的玛雅传统画

149

去|北|美 | Go to North America

工艺，靠编绣巾花为生，她当场展示了所绣的长巾。她的儿子介绍，政府已盖了新房，但老人不愿意离开。

　　汽车继续西行，走出100公里后，出现大片大片的林木和水域，塞莱斯通渔村到了。这里处在墨西哥湾，又是塞莱斯通河口，通过一个标识牌可知这里为塞莱斯通河口自然保护区。村子不大，中心有一个很大的广场，村民们在广场中央一棵大榕树下结伴休闲。沿街很多饭店和商铺，许多旅游车辆停在村口。

● 渔村村口挂满牌子介绍景点

步行穿过一片广袤的白桦林，出现一片水域，之中有一座长长的桥梁，可见这便是塞莱斯通河口了。从码头乘坐一条木船，划破平静的湖面，向

● 水面上的火烈鸟

第四章 墨西哥：众多的世界级历史遗迹

● 参观红树林的游客

纵深飞驰，船头荡起飞溅的浪花。据船员介绍，从塞莱斯通河口而上，是一个窄长的峡湾，长30公里，宽5公里，它与墨西哥湾的水域相连，咸淡水交接，非常适合火烈鸟栖息，成千上万的火烈鸟常常出现在水面，还有鸬鹚、鹭鸶、翠鸟等200多种鸟类，很值得一看。正说着，前面水域中出现一抹红霞，那就是火烈鸟群，它们把水染红，把天映红，使得水边的树更绿、上面的天更蓝。我把镜头拉近，尽情地拍照，直到火烈鸟飞走。

之后，木船一个大拐弯，突然钻进旁边的丛林中。天，一下子变得暗淡了；水，变成黄色，简直看不到一束阳光。只见船在林中水河行进，别有情趣。这些扎在水中的根都是红树林，七拐八拐的水沟隧道自然形成，飞船穿行，头上密林遮天，水中根茎遍布，行进中胆小者尖叫，

去 | 北 | 美 | Go to North America

勇敢者大喊，兴奋者歌唱，既惊险又刺激，可充分体验灌木探险的味道。

渔村，处在塞莱斯通河口与墨西哥湾的相夹地带，也就是说渔村的西边是墨西哥湾，东边为塞莱斯通河口峡湾，地理位置特殊。我穿越渔村，又来到墨西哥湾。走过海边白沙滩上的玛雅人茅草房，望着惊涛拍岸的海水，再想到方才去过的塞莱斯通平静的峡湾，这"动静"不同的两处水域，给人留下不同的印象。这个小小的渔村，居然可以领略海与湖的不同风格，尽享"动"与"静"的不同情调。

塞莱斯通，令人回味无穷……

小小渔村，让人难以忘怀……

第四章 墨西哥：众多的世界级历史遗迹

揭秘乌斯马尔玛雅遗址

从梅里达南行 80 公里，来到一个密林覆盖的丘陵之地，其树之高大令人吃惊，它们把太阳遮挡，令林子密不透风，各种各样的"鸟叫声"把人们带进一个神秘的世界。

在森林深处，有一座公元 7 世纪初期玛雅人建造的古城遗址乌斯马尔，因其带有浓郁的玛雅文化原始色彩"普克"风格而闻名于世，1996 年被联合国教科文组织列为世界文化遗产。

古城入口有些现代化，墙壁上写着 UXMAL 字样。当进入门口后，又是大片的古树林，显得非常幽静、清新。

正当专心致志欣赏参天古树之时，树隙间突然闪现出一座雄伟壮丽的金字塔，与之前的太阳、月亮金字塔不尽相同，此处侧面墙壁用椭圆形的小石头镶嵌而成的装饰带环绕起来，直到 38 米高的塔顶。正面是直立的台阶云梯，在 118 级峭壁般的台阶之上建有一座神庙，墙壁一面完全被精美的镶嵌图案覆盖。金字塔最明显的特征是线条优美，

去|北|美 | Go to North America

● 壮丽雄伟的乌斯马尔玛雅遗址占卜者金字塔

● 金字塔背面同样蔚为壮观

正因为有独特的女性阴柔之美,这里被称作玛雅遗址建筑的代表作。

讲解员说,"普克"风格的特点在于过度装饰,这座金字塔的建筑墙壁上都是用经过雕刻的石块组合镶嵌成复杂的几何图案。整个乌斯马尔

第四章　墨西哥：众多的世界级历史遗迹

最为引人注目的是这座金字塔的无数雨神雕像。这是因为此地没有河流，水资源缺少，人们只能依赖于降雨，所以对雨神十分崇拜。

走到金字塔的背面，同样有直立的台阶，而且从底部到顶端有数不清而且怪异的雨神头像，堪称繁复经典之作。讲解员说，这座金字塔叫占卜者金字塔，为什么起这样的名字？传说这座建筑是占卜者一夜之间建造的，像变魔术一样。因工程相当复杂，事实上建造经历300年。金字塔内部隐藏着千座神庙，在1号神庙中还发现了一座命名为"乌斯马尔女王"的雕塑，雕像为人的头像从蛇口中伸出的造型。

从占卜者金字塔后面可进入修女庙，又称修女宫殿，占地面积比占卜者金字塔要大得多，为四合院式建筑群。外部装饰颇为奢华，镶嵌着羽蛇神、雨神浮雕，这些精美的石雕在尤卡坦半岛强烈的阳光照射下

去│北│美 | Go to North America

● 四合院式修女宫殿

● 龟房外墙石雕精细

● 角型石顶是典型的玛雅人传统建筑

呈现出的明暗对比反差十分独特，而内部天井全部利用玛雅穹顶样式。

从修女庙出来，穿过古球场遗址，过象征水源精灵的众龟石雕房屋和总督宫，来到大金字塔塔脚下。抬头仰望，这座大金字塔虽然低于占卜者金字塔6米，但看上去比之更高，原因是它坐落在一座山丘上。我从塔基开始爬，用去20分钟时间，终于到达塔顶。站在极顶，回头眺望，那密林深处的占卜者金字塔、修女庙、古球场、众龟石雕房、总督宫、鸽子墙等一一浮现在眼底，同时还可以俯瞰到一望无际的绿色森林和远处的地平线。大金字塔极顶石墙的众多的石雕做工精细，栩栩如生，引人入胜。许多游客站在石雕墙前留影，作永久的纪念。

下山的路上，草地上出现很多蜥蜴，讲解员特别提醒要多加小心，防止伤身。

● 众龟石雕房静静躺卧于森林边

● 总督宫门前的石雕别有洞天，引人入胜

● 坐落在山丘上的大金字塔顶天立地，既险峻又壮观

去|北|美 | Go to North America

　　走出乌斯马尔古城遗址，天已黑下来，我必须返回梅里达城，因为这里地处灌木丛林之中，为了保护原始风景，周边没有宾馆。墨西哥十分注意保护生态环境。

　　返程中，脑海中仍翻卷着乌斯马尔玛雅遗址！它建造得太精美了……

● 金字塔细部

| 第四章　墨西哥：众多的世界级历史遗迹

世界新七大奇迹奇钦伊察

在尤卡坦半岛乃至整个墨西哥，最有名气的莫过于玛雅遗迹——奇钦伊察，许多到墨西哥旅行的游客将其作为首选景点，它在2007年举行的"世界新七大奇迹"评选活动中高票当选。至于世界文化遗产，早在上世纪80年代便被联合国教科文组织认定。

从梅里达乘汽车沿高速公路东行110公里后右转，穿过一片林海，到达坐落在热带雨林深处的玛雅遗址奇钦伊察。

下车后，首先映入眼帘的是密林缝隙中的蜗牛塔，实际是玛雅人的气象台。因它的建筑外表为螺旋线，很像蜗牛壳，为此当地人称之为蜗牛塔。据

● 奇钦伊察玛雅遗址中玛雅人的气象台蜗牛塔

159

去 | 北 | 美 | Go to North America

说 2012 年地球毁灭的传言就是有人在蜗牛塔推算出来的，引起全世界的关注，都想探个究竟，而此时此刻我就站在蜗牛塔的面前。放眼望去，塔的顶部为天文观测台，有东南西北四个观测窗，其中朝南的观测窗正好对准子午线，西侧的窗口在不同角度可分别看到春分、秋分和日落、月落时的最北线。天文台基座正面朝向正西偏北 27.5 度方向，恰好是金星往北方沉没的方向。玛雅人通过观望台观察日月星辰的运行，确定播种或收获的最佳时间，测算宇宙之中星球的消亡，其 2012 年为世界末日之测算应该是神化了。

"奇钦伊察"在玛雅语言中是"神圣天井"之意。尤卡坦半岛处在森林茂密地带，没有河流存在，因干旱，求雨成了玛雅人的生存希望，为此出现供奉雨神

● 原始森林中的神圣天井

● 气宇昂扬的羽蛇神金字塔是墨西哥玛雅遗址的标志和国家旅游的标识

第四章　墨西哥：众多的世界级历史遗迹

的风俗。公元 6 世纪，玛雅人在尤卡坦半岛发现了这里的天井，其规模在整个半岛最大，为此他们视为神井，并在此地开始设城堡，先后建造了羽蛇神金字塔、武士神庙、古球场、蜗牛塔、修女庙等，形成一个设施齐全的城堡，而且繁荣了几个世纪，直到 13 世纪初无声消亡。

听完工作人员的介绍后，我来到神圣天井。站在旁边观看，其实那并非真是井，而是一个天然的圆形水池，四周都是垂直的岩石，直径约 65 米，水面与地面相差 20 米，水色深绿。这里就是当年玛雅人祭拜雨神的地方。据介绍，干旱季节人们求雨心切，便将年轻的处女投入水井中祭拜水神，同时还投入各种供品，包括金银首饰。在水池一侧，至今仍保留着一处祭坛遗迹，那是童女在投井之前洗身之处。1911 年，美国驻尤卡坦领事汤普森出巨资购买了这一天井，从中挖出大量珠宝翡翠，还有 42 具童女尸骸和其他骨骸。用现代人的眼光来看，真是不可思议……

● 奇钦伊察遗址中展示手艺的玛雅人

奇钦伊察最经典也是最精华的部分为"羽蛇神金字塔"，当地人又称"城堡"和"库库尔坎金字塔"。不管怎样称呼，它都与种植生存联系在一起，特别是对雨神的崇拜。当我走近，一座顶天立地的锥体建筑屹立在眼前：气宇轩昂，雄伟壮丽，真不愧为世界新七大奇迹！据介绍，

161

去 | 北 | 美　Go to North America

方形金字塔底坐边长55.5米，总高度25米，塔的四面都有台阶直通塔顶，四周每边阶梯各为91个台阶，加上顶部的一层正好为一年365天的数字，实为惊奇。而更为新奇的是，北面阶梯基座两侧的两条羽蛇神的蛇头和蛇身变幻。工作人员介绍说："每到3月21日的春分和9月21日的秋分，太阳光照在金字塔上形成的阴影，会投射在雕刻有蛇头的中央台阶的侧面，从而形成羽翼状，随着太阳的移动，影子也不断变化，仿佛蛇在蜿蜒爬行，形成金蛇狂舞的奇观。为此，每到这两个日子，数以万计的游客前来观光。"这应该是这里被评为"世界新七大奇迹"的主要原因之一。金蛇蠕动狂舞之现象，也预示着播种和收获季节的到来。羽蛇神金字塔初建于9世纪，目的是供奉雨神，意在风调雨顺。因其被评为"世界新七大奇迹"，墨西哥将金字塔的模板作为国家古遗迹景点的标识。

● 球栏

● 权势者的观球坐台

● 玛雅遗址中最宽大的古球场

绕过刻有众多骷髅头的石头基座前行，是一座放置美洲

第四章　墨西哥：众多的世界级历史遗迹

豹雕像的神庙，其背后就是一处非常之大的古球场。球场长 160 米，宽 75 米，东西墙壁各有一个 7 米高像耳环一样的石孔，即是球栏。内壁基座的浮雕表现出当时比赛的场面。讲解员破解这幅浮雕说："赛场十分残酷，失败的一方将被宰杀，血流成河，图案上表述得十分清楚。"玛雅遗迹中有很多古球场，但这一处规模最大，也是迄今中美洲发现的最大的古球场。

在奇钦伊察古遗迹中，武士神庙、千柱院、修女庙等玛雅遗迹也很有看点。

出奇钦伊察遗址前行一公里处，有一眼自然形成的巨型深井让游客痴迷。我看到，这眼井的直径没有奇钦伊察遗址之中的神井大，但井很深。旁边专有一个石洞通向水面，不少游客在里面游泳、戏水，别有风趣。

奇钦伊察，墨西哥历史遗迹的典范！

奇钦伊察，玛雅遗址的代表！

● 千柱院石柱林遗迹

● 猎豹雕像神庙

● 武士神庙遗址

163

蛇窝之地坎昆

抵达墨西哥最东北角的城市坎昆时已是夜幕降临，万家灯火。在中心城区图卢姆大街旁一家香港人开办的饭店进餐之后，我们向着宾馆区行进。

汽车行驶在著名的库库尔坎大道，五光十色的高楼大厦，耀眼的路灯，夜光下的行道树，马路两边的水域，尽入眼底。

当地向导在去宾馆的路上，介绍了坎昆的情况。坎昆东临加勒比海，与古巴遥遥相望。"坎昆"玛雅语意为"蛇窝"，蛇是玛雅人最崇拜的动物，

● 坎昆市内随处可见蛇的标识，表明这里是"蛇窝之地"

第四章 墨西哥：众多的世界级历史遗迹

说明这里早就有玛雅人居住。这里原是一个只有200多人的渔村，因为当地气候好，海滩好，还有周边的原始森林，更有世界上长度第二的珊瑚礁群，经过不断发展，现已成为拥有50万人口的海滨城市。坎昆市区东部有一个呈"7"字形的蛇形长岛，长22公里，宽400米，它像耳环一样镶嵌在海边，被誉为"挂在彩虹一端的瓦罐"。岛外为加勒比海，岛内为泻湖。这里沙滩细腻，椰林遍布，海水碧蓝，风光旖旎，独特的地理位置成为旅游度假的极好去处。为此许多商家投巨资在狭长的岛上建高档酒店、宾馆和娱乐场所，吸引世界各地的游人在此度假。1981年10月，发展中国家和发达国家元首在此举行南北对话并发表《坎昆宣言》，为此坎昆闻名于世，很快跻身世界一流国际旅游城之列。

半小时车程，我们来到卡拉科尔海滩边一家五星级宾馆。办理入住手续后，我走出房门，直接步入海滩，只见白沙上、海水中、泳池里全都是人。天上星光灿烂，大海波涛拍岸，露天歌厅舞步翩翩，海风轻拂椰林树叶，多么惬意，恍若人间仙境。

次日清晨，迎着初升的太阳，首先去往穆赫雷斯岛，玛雅语意为"女人岛"。女人岛在坎昆市区东部靠北11公里的海面上，经过一个多小时的航程便可登岛。漫步在小巧玲珑的岛屿上，恍惚有人间天堂之感。全岛长8公里，宽650米，是一个狭窄的长条小岛，且岛中有湖，湖中有岛。岛上的景点主要有北海滩、加拉冯国家公园、海龟保护中心和伊斯切尔神庙遗址。我并没有把时间花费在海上项目如潜水、皮划艇、高空滑索等，而是热衷于各种玛雅遗址。我来到建在悬崖壁上的玛雅遗址参观，然后沿遗址周围悬崖上的步行道下海，领略这里独特的风光，重温当年

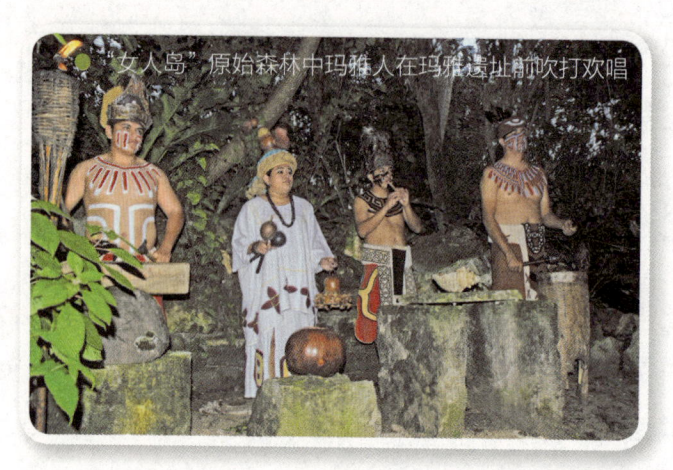

去|北|美 Go to North America

"女人岛"原始森林中玛雅人在玛雅遗址前吹打欢唱

玛雅人建造神庙的艰辛。据介绍，当年西班牙人在此登陆时发现了很多女神像，将之称为"女人岛"是有充分依据的。

从坎昆沿加勒比海海岸南行80公里，来到海滨的西卡莱特海洋公园，下车后便钻进密不透风的热带雨林之中。据悉，这里实际是一处国家自然保护区，特意划出一片对游人开放，让世人尽情感受大自然的恩赐并欣赏加勒比海的风光。走进这片热带雨林，古木参天，昏暗幽静，许多野生动物穿行其间。这里有蝴蝶林、海龟池、美洲豹岛、海豚水域、鹦鹉林等，还有两处玛雅遗址隐藏在丛林中。最值得一看的是热带雨林中一条长达一千多米的地下暗河，我首选参与这个项目，穿上救生衣激流探险。当穿过一道道岩石洞、一片片原始红树林、一处处野花野草丛后，胜利到达彼岸，真正感受到不虚此行。公园的一侧通向加勒比海，在此游泳的人非常多，海滩变成"肉滩"。入夜，我还在密林中欣赏了一场由

● 从"女人岛"地下暗河浮水漂流出来的游客振臂高呼："畅游暗河成功！"

第四章 墨西哥：众多的世界级历史遗迹

玛雅人演出的特别节目，再现了墨西哥的悠久历史。

清晨，我继续沿着迷人的加勒比海海岸线南下，车行50公里后，视线中出现一处古遗址，矗立在加勒比海边山崖上，那就是著名的玛雅遗址图卢姆。"图卢姆"玛雅语意为"城墙"，在众多玛雅遗址中，唯有这一遗址有城墙，唯有这一遗址没有建在热带雨林中，唯有这一遗址建在海滨悬崖，极有特色。我步入建有三面城墙一面朝海的图卢姆遗址，里面的大宫殿、弗莱斯科神庙、城堡神庙、

● 玛雅文明的消失之地图卢姆玛雅遗址建在海岸山崖上，城墙内布满玛雅遗址

● 破裂、残缺不整的玛雅遗址群

● 残垣断壁，摇摇欲坠

去|北|美 | Go to North America

● 保持原样的弗莱斯科神庙

● 完整的大宫殿

　　降临人间之神神庙、风之神庙等清晰在目，保存较为完好。最为引人注目的是城堡神庙，它建在悬崖之上，是整个遗址中的最高建筑。站在城堡上可垂直俯视海面。参观的人们先站在城堡远眺，那波光粼粼的加勒比海便尽收眼底，而后再从城堡沿悬崖峭壁的人造木梯直下到海滩，尝试昔人下海的感觉。图卢姆古城始建于15世纪，是迄今为止发现最晚的一处玛雅文化遗址，也是西班牙人最早涉足之地。

　　中午，我驶入热带雨林深处的一家会馆就餐。这里还保留着原始森林的现状，没有被破坏，许多植物鲜为人知，成为专家学者研究的基地。

| 第四章　墨西哥：众多的世界级历史遗迹

晚上，再次返回坎昆，走进一家大型购物中心，参观、购物。聚集游客最多的地方是墨西哥国酒——特吉拉柜台旁，大家争买"特吉拉"酒。特吉拉酒产于墨西哥特吉拉小镇，是用蓝色植物龙舌兰的根茎酿制而成。特吉拉镇海拔2900米，周围种着上万公顷的龙舌兰，这里已于2006年被联合国教科文组织列为世界自然遗产。墨西哥的国酒特吉拉，就像我国的茅台，在国际上享有盛誉。

坎昆，一处世界级旅游胜地！

坎昆，一个让人向往的世外桃源！

温馨提示

中国与墨西哥于1972年建立外交关系，两国关系友好，所以中国人到墨西哥并不受歧视。但墨西哥境内的贩毒现象比较严重且经常出现"毒品战"，死于贩毒暴力事件的人不在少数。所以在墨西哥的夜晚尽量结伴出行，减少单独活动。墨西哥远离中国，有很多特产令人青睐，如龙舌兰酒、玉米饼皮、辣酱和仙人掌菜，还有玉器、宝石、皮雕等。去墨西哥的签证比较好办理，一般也不会被拒签，但到墨西哥的直航飞机目前还没有开通，需通过第三国转机。墨西哥是北美洲第三大国，近年来前往墨西哥旅游的人数逐渐增多。

去|北|美 | Go to North America

第五章 中美洲：坐落在地峡上的国家

5 中美洲
坐落在地峡上的国家

中美洲指的是墨西哥以南到南美洲窄长地峡上的伯利兹、危地马拉、萨尔瓦多、洪都拉斯、尼加拉瓜、哥斯达黎加和巴拿马7个国家，总面积52.3万平方公里，人口2984万。面积不大，但却拥有世界上最漂亮的大蓝洞、世界上最美丽的火山湖阿蒂特兰湖、世界上火山喷发最频繁最动荡的活火山、世界上最丰富最密集的生物种类、世界上罕见的哥斯达黎加云雾森林、世界"桥梁"之最巴拿马运河，还有著名的蒂卡尔、霍亚德塞伦、科潘等玛雅遗址，是玛雅文明的摇篮、发祥地……

伯利兹大蓝洞

晨雾，森林，原野……

汽车向着大西洋海岸方向疾驶，去探访闻名世界的伯利兹大蓝洞……

伯利兹大蓝洞，是伯利兹乃至中美洲地区最大的亮点之一，是当今世界最为吸引人的潜水地之一，是目前已发现的"全世界最大的水下洞穴"，被称为"世界十大地质奇迹"之一！伯利兹也因此有了"大蓝洞之国"的美誉。

2009年，伯利兹大蓝洞连同它周围庞大的珊瑚礁群（堡礁保护区）被联合国教科文组织列为濒危自然遗产。

伯利兹大蓝洞位于伯利兹城东大西洋海域100公里处，从空中俯瞰甚为壮观、奇妙。我是在国内提前一个月预定的机票，真可谓是"一票难求"，可见大蓝洞的吸引力是多么大。有了票，还要担心的是天气问题，因为乘坐的是小型4人座飞机，若是遇到刮风下雨和雾天，那

第五章 中美洲：坐落在地峡上的国家

么飞机将停飞。因而，能否一览"大蓝洞"，那就凭运气了。

上午9点钟，我来到距伯利兹城港口不远处的"大蓝洞飞机直航站"。不幸的是天气并不太好，尽管没有刮风下雨，但阴沉沉的天空着实让人捏了一把汗。停机坪上三架飞机一动不动停在那里，不过50平方米的小航站楼里挤满了预订好机票的人，都在询问今天能否起飞。如果不能起飞，那真是留下终生遗憾。但反过来想，也不能拿着生命开玩笑！

● 去往大蓝洞的小型飞机和乘务员

这是一架小得不能再小的飞机，只能搭载三个乘客。等待期间，我观察了屋内墙壁上张贴的挂图，那是飞向大蓝洞的航线路。这时我询问了眼前的工作人员，她说："天气决定着飞机的起飞，现在天空有雾，很危险，如果天气好的话，飞到大蓝洞的时间为45分钟，来回1个半小时。"

等啊等！一个小时、两个小时过去了，仍没有起飞的消息。在等待中，我拿着柜台上的宣传单和照片，向工作人员询问了大蓝洞的情况。据工作人员介绍，关于大蓝洞的形成有几种说法。其中一种认为，大蓝洞形成于一亿三千万年前。在二百万年前的冰河时代，寒冷的气候将水冻结在地球的冰冠和冰川中，导致海平面大幅度下降。因为淡水和海水的交相侵蚀，这里的石灰质地带形成了许多岩溶空洞。大蓝洞所在的位置曾是一个巨大的岩洞，多孔疏松的石灰质穹顶因重力及地震等原因而很

173

巧合地坍塌出一个近乎完美的圆形开口，成为敞开的竖井。当冰雾消融，海平面升高后，海水便倒灌入竖井，形成海中嵌湖的奇特蓝洞现象……

正在听取讲解之时，突然大门打开，开始放行了。上午12点钟，我作为第一批乘客奔向TROPIC小型飞机。飞机实在太小了，我几乎是爬着进去的，机上只有两排座位。飞行员让我们三个乘客扣好安全带后，随着一阵发动机轰鸣声，机体升上高空。

飞机悬挂在海面上，在茫茫大海上空飞行。时而飞过一座座小岛，那白色的沙滩，翠绿的柳树，红白房舍，展现在眼下；时而穿过一处处岩礁，那涌动的波浪，黑色的礁石，飞翔的海燕，在目光中掠过；时而飞越一只只小船，那打渔的船公，飞飘的渔网，白色的帆布，在眼帘中晃过……

这里的岛屿、岩礁、大海太漂亮了！尤其是那海水，有蓝、有绿、有白、有红，而岩礁，千变万化，千奇百怪。

"大蓝洞，大蓝洞！"……突然，飞行员用英语说道。随即眼前一亮，一个圆形庞大的深蓝色图案展现在前方，镶嵌在海平面上，像一个刚刚浮出海平面的箩筐，里面盛满湛蓝湛蓝的水。那就是大蓝洞！那就是梦寐以求想见到的大蓝洞。太震撼了！太奇妙了！大自然怎么会造就出这样奇特的景观呢？大蓝洞，是那样的圆，那样的蓝，那样的深。洞口完美的圆形，又非常巧合地与合围的环礁重合。由于洞水很深，所以呈现出深蓝的色彩。大自然真是巧夺天工，把一个如此奇妙的岩洞嵌至大海，让人叹为观止！

飞机在大蓝洞上空，绕行两个来回，让我们从不同角度，欣赏这

航行一小时后机翼下出现大蓝洞

去|北|美 | Go to North America

飞机俯冲而下，近距离观看大蓝洞

第五章 中美洲：坐落在地峡上的国家

一世界上罕见的直径304米的大蓝洞：它像巨人的眼睛，大海的瞳孔，放大的瓷碗，美丽的花环，那么深邃，那样神秘，那样诡异，真是大自然的杰作。据悉，全世界海洋中分布着许多大大小小形态各异、不同风格的蓝洞，其中最圆最大最著名的就是这里——伯利兹大蓝洞。

伯利兹大蓝洞还有一个奇妙之处是还有一个敞开的口，潜水者可以进去潜水。我们在飞机上用望远镜仔细观望，洞面上有一些潜水人员正在准备下水，去欣赏洞中的水下世界。据悉，大蓝洞深145米，是潜水胜地。我们同机的一个欧洲乘客，昨天乘船游览大蓝洞时，就潜水去体察内部胜景。他在飞机上告诉我们："洞内乳石比比皆是，石笋如林，游鱼种类繁多，有梭鱼、天使鱼、鲨鱼等，还有色彩斑斓的珊瑚，充满着无穷魅力，这是一生之中最难忘的一次潜水。"据悉，大蓝洞于1971年被评为"世界十大潜水胜地"之一。

飞机返航了！我感叹：人生在世，能够欣赏到这样一大奇观，真是一件幸事。回望远方：

再见了，闻名遐迩的大蓝洞！

告别了，一生难得看到的海中奇观！

去|北|美 | Go to North America

危地马拉蒂卡尔玛雅遗址

蒂卡尔玛雅遗址是危地马拉最大的亮点，它是考古学家发现的第一个玛雅文明遗址，是世界上最有影响力的玛雅古迹，有"玛雅文化的发祥地""玛雅文化的中心""玛雅文化的摇篮"之说，堪称"玛雅世界的心脏"。1979年被联合国教科文组织列为世界文化与自然双重遗产。在众多世界遗产中，"双重遗产"是不多见的，可见它的观赏价值和吸引力之大！

● 玛雅人在玛雅遗址

我是清晨从弗洛雷斯市起程的。沿途是无边无际的原始森林，密不透风遮盖着大地。路边的标牌不断出现"美洲狮""长尾猴""金钱豹""蟒蛇"的标识，警示开车司机小心行驶，避开这些动物的穿行。经过一个多小时的车程，来到密林深处

第五章 中美洲：坐落在地峡上的国家

的蒂卡尔玛雅遗址入口，首先映入眼帘的是"世界遗产"标识，示意来者这里是世界自然和文化双重遗产之地。

进门后，便钻进茂密的原始森林中。直上青云的参天大树，古藤枯木的阴沉丛林，漫野遍地的芬芳花草，让你置身于大自然的怀抱中，享受原始，回归自然。大约1200多年前，玛雅人就生活在这里的热带雨林中。

林中跋涉半个多小时后，玛雅遗址赫然出现：那高大的金字塔，那残缺不齐的祭坛，那开裂断壁的石碑——展现在眼前，极具震撼力！它是玛雅帝国的最大城邦和玛雅文明的中心，是规模最大的玛雅古建筑群，占地面积达65平方公里。

处在这样纵深丛林中的玛雅古建筑群不能不令人惊叹！走近祭坛，旁边立有石碑，表明此地的重要性。这是一个举行祭神仪式的地方。据说在这里能听到圣灵的声音，而蒂卡尔在玛雅语中意为"能听到圣灵之声的地方"。现场讲解员说："祭神，有多种祭品，其中有人的心脏。玛雅人认为用心脏供神是最高的境界，灵魂升天，至高无上，这是最珍贵的祭品。"讲解员的话让人难以置信，但电影《亚波卡猎逃》真实记述了这一情节。

我们一边向丛林深处走，一边听取讲解员介绍。蒂卡尔遗址位于中美洲犹加敦半岛地区，最早被一名为弗朗西斯·科达巴的西班牙人发现，但挖掘工作是在最近25年开始的，它神秘的面纱被慢慢揭开了。钻木取火的遗迹显示，大约公元前700年，玛雅人就在附近居住。遗址中，最早的纪念碑是公元前4世纪竖立的，所以蒂卡尔的历史可以

179

去|北|美 | Go to North America

追溯到公元前，但当时并不出名。到公元292年，继位的蒂卡尔国王，开始发展强大的蒂卡尔王朝。之后的年代中，随着国王的更换，连续出现过多次鼎盛时期。公元700年，俗称"巧克力领主"的阿卡考继承了王位，一举把蒂卡尔王朝推向巅峰，写下了玛雅文明史上最辉煌的一页。中央广场附近的多数遗址都是那个时期留下的，而阿卡考本人就埋在一号神庙下。公元790年，奇坦国王之后蒂卡尔城邦开始衰落，直到公元889年，蒂卡尔被彻底遗弃在丛林中，谜一般地分崩离析……作为世界上唯一诞生于热带森林（而不是大河流域）的古代玛雅文明，它的消亡充满神秘色彩，使玛雅文明成为一段湮没的历史，留下一连串的疑问……

　　蒂卡尔是迄今发现规模最大的玛雅城邦遗址，可谓金字塔耸立，石碑漫野，祭坛遍布。来到蒂卡尔中心地带的中央广场的人们，无不被

● 国王金字塔及中央广场

第五章　中美洲：坐落在地峡上的国家

这里的建筑群所折服！这是一个巨大的广场，占地 2.6 平方公里，最醒目的是东西两座遥相对应的金字塔。东侧一号金字塔称美洲虎国王金字塔，高 47 米，始建于公元 695 年，因为金字塔的门楣上刻有虎神而得名。西侧第二号金字塔是为妻子所建，为此叫王后金字塔，高 38 米，顶部有一个巨大的王后雕像。北面是古希腊式的卫城，附近是一片玛雅人居住区遗址。这里是玛雅人举行各种仪式和宗教活动及大典的最大的场所，能容纳上万人之多，可见它的规模之大、阵容之大。据介绍，在蒂卡尔玛雅遗址中共发掘出 3000 余座建筑和 300 多个石碑、石像、石坛。更让人感到震惊的是这里还发掘出了翠玉，对玛雅人而言，翠玉象征着生命和不朽，是非常圣洁的。从出土的翠玉看，玛雅人在几千年前还能镶嵌翠玉，实在不可想象。但这仅仅是一小部分，或者说只发掘了十分之一。这里的建筑包括金字塔、宫殿、庙宇、球场等，其中有 6 座高大的金字塔，包括中央广场上的国王和王后金字塔，最高的金字塔高 72 米，耸立在不远处的丛林中。每座金字塔顶端都有一个庙宇，可从底部沿阶梯一步一步爬上。由于金字塔阶梯斜度为 75 度，攀爬十分危险，曾出现过多次伤亡事故。从林立的石碑铭文看，记载蒂卡尔历史的最早年份为公元 292 年，最晚为 889 年。

出中央广场，穿过一片原始森林，到达 4 号金字塔，这是 6 座金字塔中最高的一座，始建于公元 720 年。站在金字塔下向上仰视，压迫感顿生，让人望而生畏。玛雅人在那个时代建造出高 70 多米的建筑，令人不可思议！这座金字塔正处于发掘中，顶尖部分裸露，下半部分还深埋在土丘中，被茂密的森林所遮掩。若想攀登到顶端，还需勇气，

● 茫茫原始森林中显露出的金字塔

● 遥望远处 70 多米高的 4 号金字塔

第五章　中美洲：坐落在地峡上的国家

力量和胆识。隐隐约约看到已有几人爬到金字塔顶部，不禁跃跃欲试，何不去试一把，领略一下塔顶的风光呢？何况到此不易。身旁的几名来客，都摩拳擦掌，试与天公比高低。于是，我鼓起勇气，决定体验一把！

踩着陡峭的土坡，扒开缠身的树枝，越过一道道土坎，穿过一片片丛林……几经心跳，几度险情，当攀至72米高的金字塔顶时，已是汗流浃背，衣湿杉透。当居高临下望着延绵125平方公里的莽莽林海，瞬间一切疲劳皆被抛在脑后，有一种超越世俗的感觉，特别是在林海中间悠然矗立的另5座金字塔，更显示出蒂卡尔玛雅遗址的雄伟壮丽与叹为观止。

在4号金字塔尖，细细观赏了顶部的庙宇。整座神庙坐北朝南，四壁是厚厚的砖墙，房门不大，但紧闭落锁。透过门缝，屋内黑洞洞的什么也看不清楚。这就是蒂卡尔最高的金字塔。站在塔顶，在这接近天际的地方，就是昔日国王崇尚的圣地，是千千万万玛雅人获得力量的源泉。

回程中我在思考：蒂卡尔为什么被联合国教科文组织评为世界双重遗产？文化遗产不必说，已有上千年的历史！而自然遗产呢？我想可能是这里的原始森林被完好地保存了下来，同样有着上千年的历史！

蒂卡尔，大自然的造化！

蒂卡尔，玛雅文化的瑰宝！

去|北|美 Go to North America

萨尔瓦多玛雅人古村落遗址

萨尔瓦多虽然是中美洲地区最小、最危险的国家，但它却拥有一处被联合国教科文组织列为的世界文化遗产——霍亚德塞伦遗址。这是一个被埋在火山灰下1400多年的玛雅村落，也是迄今为止考古工作者挖掘出的世界上唯一一处地下玛雅村落，令世人惊叹！很多人到萨尔瓦多的唯一目的，就是领略公元600年时玛雅普通百姓的住房原貌。

清晨，汽车从萨尔瓦多首都起程西行，向着霍亚德塞伦玛雅遗址飞驰。伴随着车窗外连绵的山峦、起伏的丘陵、成片的丛林，一路欣赏着大地绮丽的风光，尤为壮丽的是喷吐的火山，以及不时发出的一连串火光，在天幕上绘制出绚丽的画面，煞是好看。沿途，身

● 去参观玛雅遗址的玛雅人

材不高、穿着长裙、围着头巾、背着包袱的村妇，走在公路旁，这便是典型的玛雅人。

说到玛雅人，陪同前往的阿勒先生介绍，玛雅人的历史可追溯到公元前3000年，他们在那个时期就出现在古墨西哥及中美洲一带，在远古石器时代即开始了他们的农耕生活，创造了玛雅文明，其玛雅文化是世界重要的古文化之一，它可以与印加文化相媲美。玛雅人存在和活动范围在今墨西哥的尤卡坦半岛、恰帕斯和塔帕斯科两州及中美洲的伯利兹、危地马拉、萨尔瓦多、洪都拉斯等国。在玛雅人的概念中，历史是以千万年为单位释演着无尽轮回，然而人生短暂，人类终究无法掌控自己的命运。玛雅文明突然在历史上消失，甚至连文字都没有完全留下来，成为世界上的一个难解之谜。

萨尔瓦多，同样是原始玛雅人的居住地，是玛雅文化的发祥地之一。

车行一个多小时，来到圣萨尔瓦多西北40公里的罗马卡路提火山脚下，眼前出现一块醒目的世界遗产标识，著名的霍亚德塞伦玛雅遗址到了。标识牌上介绍了玛雅遗址的挖掘情况，显示其1993年被联合国教科文组织列为世界文化遗产。

我们按照世界文化遗产标识指示的方向，沿着山路步行在丛林荒野中，脚下全是火山灰泥土，这是一公里之遥的罗马卡路提火山喷发后的火山灰堆积的。由于年代已久，完全看不出火山灰流淌的印痕，这里已成为肥沃的土壤。

走着走着，眼前突然出现一个大坑，足有10米多深。坑下出现了一座座农舍村屋，原来这就是被挖掘出的霍亚德塞伦玛雅村落遗址。只见深坑中被挖出了一座座房舍，一块块院落，一处处墙体。房舍中的门廊、卧床、灶台、厅堂、仓库十分清晰；院墙篱笆、茅草屋顶、房外围栏显露得真真切切；还有果园、菜圃、麦场袒露在村落旁。这些茅草房屋和墙体都是用黏土垒成的，黏土中也夹杂着一些木棍和柴草。这就是被埋1400多年的霍亚德塞伦村落，原汁原味地被保存了下来，呈现在世人面前。

在霍亚德塞伦遗址，我参观了三个深坑中挖掘出的古房舍。跟随的讲解员说，这里本是一片荒芜的丘地，谁也不曾知道这里的地下掩埋着古玛雅村落。那是1973年，政府在这里建造一个粮食贮窖，挖地基时无意发现了这里的遗址，于是考古工作者开始进驻，并陆续挖掘。现已挖掘出5处遗址，确认17座屋舍建筑。据考证，大约在公元600年，罗马卡路提火山突然喷发，导致位于火山

● 房屋住宅及门

● 厨房及灶台

附近的霍亚德塞伦这个牧区村落被火山灰瞬间吞噬，周围5平方公里的土地完全被火山灰埋没了，村落被厚度达10米之多的火山灰完全覆盖。由于村落保存完好，很有考古价值。迄今为止，此遗址是人类在西半球发现的唯一一处地下人类遗址。它可与举世闻名的意大利庞贝遗址和赫库兰尼姆遗址相提并论。

● 出土陶器

● 出土石器

跟随着讲解员的脚步，一边走一边听取介绍："这种纯正玛雅普通人生活和居住的地方，在其他地方是看不到的，只有在这里才能真正领略。"最后，我们来到了一个小型博物馆，馆内展出了从霍亚德塞伦遗址中出土的文物。我看到展架上摆放的陶器、贝壳、鹿角、瓷罐、铁锅、香料瓶，还有用骨、木、石制造的工具，有装粮食的容器，还有一些农具。这些都是在火山爆发时，村民们慌忙逃离时留下的东西，它们都被原封不动保存了下来，成了珍贵的文物。从这些文物中，可以了解到1400年前玛雅人真实的生活状况，可以见证玛雅文化的存在。

返程的路上，望着远处喷吐的火山，回想被火山灰埋没的霍亚德塞伦村落，回味1400多年前的历史，古时的人类就是这样艰难地存活着……

去|北|美 Go to North America

从洪都拉斯科潘到首都特古西加尔巴

汽车在洪都拉斯大地上飞速行驶,向着首都特古西加尔巴市进发。我是从古城科潘市起程的,科潘距首都300公里。

洪都拉斯是一个多山国家,在11.25万平方公里的国土面积上,布满了高山丘陵,是中美洲山脉地形最为显著的国家。由于山地较多,矿产资源非常丰富,蕴藏着金、银、锑等多种稀有矿,其中白银的贮藏量在中美洲位居第一位。由于山地地势较高,很适合咖啡的种植,目前这里种植的咖啡面积达28万公顷,为中美洲第二大、世界第十大咖啡出国口。而这里的土地还非常适合种植香蕉,为此洪都拉斯还有"香蕉之国"的美誉。

● 洪都拉斯旧都科马亚瓜古城的石板路

第五章 中美洲：坐落在地峡上的国家

行车途中，向导兼翻译阿勒先生讲述了洪都拉斯的历史。洪都拉斯最早的原住民为印第安人，其西部地区为玛雅人居住地。1502年哥伦布在此登陆。1524年沦为西班牙殖民地。1537年至1539年印第安人举行起义，反对西班牙人的殖民统治。1821年宣布独立。1823年加入中美洲联邦，1938年解体后成立共和国。

洪都拉斯共和国自1821年独立后并不安宁，一直到1978年，共发生139次政变，是中美洲乃至拉丁美洲政变最频繁的国家之一。1957年大选中自由党候选人莫拉莱斯胜选担任总统。1963年武装部队司令阿雷利亚诺在美国策动下发动政变，推翻莫拉莱斯政权，并于1965年当选总统。1971年国民党候选人克鲁斯竞选获胜，但执政不久，阿雷利亚诺又一次发动政变上台。1975年武装部队司令卡斯特罗发动政变，取代阿雷利亚诺。然而，1978年武装部队司令加西亚发动政变，组织成立以他为首的军人委员会。2010年国民党候选人洛沃任总统。洪都拉斯的格言是：自由，主权，独立。但其政局却一直不稳。

由于政局不稳等原因，洪都拉斯成为拉美最不发达的国家之一。但旅游业发展迅速。除科潘玛雅遗址，另外还有普拉塔诺生物保护区，位于普拉塔诺河流域的热带雨林，那里有许多濒临灭绝的物种，还有一

● 科潘玛雅遗址金字塔前的祭坛

直生活在这片土地上的土著，2000多位土著沿袭其传统的生活方式居于此地。保护区内具有重要考古意义的遗址达200余处。1982年，普拉塔诺生物保护区被联合国教科文组织列为世界自然遗产。该保护区是墨西哥向南至中美洲生物走廊的一部分。

伴着公路两旁的火焰树花，一路的青山绿水。车行一个多小时，路过一个叫桑塔库鲁斯的地方，顺便观看普尔哈唐扎克瀑布。瀑布是从一个悬崖上流下，波涛奔泻，汹涌澎湃，很有气势。这里已开辟成为一处景点，供游人参观欣赏。据介绍，洪都拉斯不仅山多，河流也多，形成了很多瀑布，风光优美。

汽车继续前行，窗外美丽壮观的山川景色令人目不暇接。沿途看到的农舍年代久远而比较陈旧，还有老牛拉破车，用扁担担草捆，用背篓背蔬菜，一切都那么原始而自然。我还看到群众抗议政府的车队，喊着口号，打着横标，气氛热烈。总之，我看到了一个真实的洪都拉斯。

临近中午，汽车拐进美丽的YOJIA湖边农场，享用午餐。这是一个古老的农场，种植着大片的咖啡，实际是一个咖啡种植园。农场里有几座古老的房舍，摆放着古老的农具。我在与农场主交谈时了解到，他在种植咖啡的同时，利用湖岸的优势，还经营宾馆、饭店、商铺及咖啡专卖部。他在湖边盖了几座湖景房，搭建了伸向湖水中的观景桥，还准备了小木舟，将这里的环境打造得异常美丽、幽静和舒适。餐后，我与几名欧洲客人荡舟湖面，深感惬意。想不到洪都拉斯的乡下是如此的怡人。

青山相伴，绿水相随，不知不觉中，我们到达了洪都拉斯前殖民首

第五章 中美洲：坐落在地峡上的国家

都科马亚瓜。这是一座古城，始建于1537年，人口5万。窄小的街道上有很多殖民时期的建筑，比如建于1632年中美洲最古老的大学。古城的标志性建筑是中心广场上的老教堂，这是中美洲地区最古老的天主教堂。攀登到塔顶，那里悬挂着一座古老的大钟，已有980多年的历史。它在西班牙使用了500年，在洪都拉斯使用了480多年，古钟全部是机械装置，齿轮已是锈迹斑斑，但转动仍然灵活。几百年一直在转动，而且每15分响一次，走得非常准确。这个大钟是西班牙人入侵时安装的，据介绍，这是中美洲地区最古老的大钟。

参观旧都后，刚要离开科马亚瓜，古钟声响起！那样厚重，那样深远，在古城中飘扬、震荡……

老首都科马亚瓜距现首都特古西加尔巴60公里。

当乘坐的汽车将要进入首都市区时，公路左边出现高高长长的铁丝网墙，还有岗楼岗台，戒备森严，后听介绍才知是美军基地。不仅在首都，在该国东部加勒比海岸的加拉达加斯，也有美国的海军基地。可见，美国与洪都拉斯的关系不一般，这里可称为美国的后花园。

● 去往科马亚瓜途中风光秀丽

去|北|美　Go to North America

　　进入特古西加尔巴城，映入视线的墙顶、门楣、屋顶处全是铁丝网。据介绍，在洪都拉斯，特别是首都，不法分子入宅袭击、盗劫成风，抢劫案屡屡发生，居民没有安全感。在向导阿勒先生带领下，我们首先攀登到海拔 1300 米的皮卡乔山上，在山顶悬崖边上竖立着一尊巨大的耶稣雕像，高达 37 米，面向市区，拥抱着全城，成为特古西加尔巴人民的保护神。耶稣像雕工细腻，制作精良，面目慈祥。由于恰恰耸立在崖石边，无法取景，难以拍照，只能从侧面定格在相机中。耶稣雕像周围树木高大，热带植物种类繁多，现已开辟成"联邦公园"。从这里向山下俯瞰，整个首都的全貌尽收眼底，整个城区被四周群山环抱，坐落在河谷地带，地形十分险要。因为周围高山林立，铁路难以修通，成为世界上少数不通铁路的首都之一。乔卢特卡河从市区流过。河的左

● 旧总统府

● 皮卡乔山上的巨形耶稣雕像面朝全城

第五章 中美洲：坐落在地峡上的国家

岸为老城区，地势高低不平，街道狭窄，房屋拥挤，古香古色，是行政、商业的中心。河的右岸为新城区，地势平缓，高楼大厦林立，现代化气息浓重。

下山后，我们穿过横七竖八的街区，来到市中心，走向中心广场，恰遇这里正在举行爱心活动，广场中聚满了人群，争相观看。阿勒先生

● 首都特古西加尔巴城中心广场上的民族英雄雕像及圣米格尔大教堂

一再警告我一定要注意安全，这里的治安很乱，让人忧虑，它和萨尔瓦多一样，是全世界暗杀率最高的国家之一，抢劫者则更多。广场最明显的标志是中央矗立的洪都拉斯民族英雄、中美洲独立运动的杰出活动家弗朗西斯科·莫拉桑雕像。周围有圣米格尔大教堂、国家博物馆、政府办公大厦和一些商业摊点。大教堂始建于16世纪，为西班牙人所建，走进教堂，看到大厅中金碧辉煌，全是镶金墙面。博物馆展出了历代文物，还有玛雅时代的象形文字等，反映了洪都拉斯的悠久历史。

博物馆内，阿勒先生介绍了特古西加尔巴的历史。

1550 年，西班牙人来到这里寻找矿藏，几经勘察，终于发现了大银矿，而且储量丰富。于是在这里建立了特古西加尔巴皇家银矿。他们发现银矿的这一天是 9 月 29 日，恰为西班牙人圣·米格尔·德·特古西加尔巴的生日，为此这一天就成了特古西加尔巴建立的日子，"特古西加尔巴"在印第安语中为"银山"之意。1579 年当地政府在此设立村庄，1762 年由村改为镇，1780 年由镇改为市。当发展到 18 世纪中叶，特古西加尔巴成为中美洲地区最富裕的三大城市之一。1849 年被确定为首都。今天，已发展为拥有 100 万人口的大都市，占全国总人口的八分之一。

在首都城区，我走进了总统府、议会大厦、国家博物馆、大教堂，又去参观了农贸市场、木刻商店及老城区街道。

之后，从首都中心广场车行半个多小时，来到圣塔鲁西娅银矿遗址，这里是首都特古西加尔巴的发祥地。最初建立的村落已变成矿区职工的生活区，站在山顶观望，矿区住宅错落有致，依山而建，而且全是西班牙殖民时期的建筑。银矿已经采尽，留下的是废弃矿坑。老矿区、老住宅、老教堂、老总督府等建筑被保存下来。目前，洪都拉斯政府已将此地开辟成教育基地和旅游景点，告示来访者，这里是西班牙抢走矿藏的罪证，也是首都始建的起点。

距圣塔鲁西娅矿区小镇不远处的天使谷，也是殖民时期的矿区小镇。当我来到这里时，看到街区全是殖民时期建筑，这也是西班牙殖民时期留下的矿区住宅遗址。街墙上的涂鸦有很多联想画、梦幻图、裸体

第五章 中美洲：坐落在地峡上的国家

像，欧洲风味非常浓重，大抵是受了殖民时代的感染。这座昔日天使谷矿区小镇很有特色，是洪都拉斯一道美丽的风景线。

特古西加尔巴，一座既悠久又现代的美丽城市！

洪都拉斯，绚丽灿烂的玛雅文化发祥地！

● 街头小商贩

去|北|美　Go to North America

尼加拉瓜旧都莱昂与新都马那瓜

尼加拉瓜共和国有一个旧首都和一个新首都。旧首都为莱昂城，现首都为马那瓜。

为什么会出现两个首都？这固然有历史原因，但与自然灾害的频繁发生密不可分。首先从最早的首都即旧首都说起。1502年，西班牙航海家哥伦布航行到这里靠岸，发现了这个地方。1522年西班牙殖民者入侵并占领了这一地区。1524年在莫莫通博火山山麓下的一个湖畔开始建城，取名与西班牙的一个城镇同名，即莱昂城，由危地马拉总督府管辖。莱昂城不断发展，逐渐成为商贸交流的基地。然而，由于火山的爆发和地震的发生，特别是1609年的一场地震，莱昂城几乎被夷为平地，后经西班牙人加紧建设，又发展成为政治、经济、文化的中心。之后，定为国家首都，这就是尼加拉瓜最早的首都。但又因为当地火山、地震频繁发生，于1855年迁都至马那瓜，即现在的首都。

时过境迁，旧首都莱昂城仍保留了西班牙殖民时期的样貌，满街

第五章　中美洲：坐落在地峡上的国家

满巷都是殖民地时代的建筑。这里有 1528 年建造的西班牙总督府，1620 年建造的宗教学院，1747 年建造的大教堂，1812 年始建的莱昂大学等。尤为值得一去的是大教堂，为巴洛克到新古典主义过渡的折中风格，其建筑特点体现在简洁的内部装饰及丰富的自然采光，厅堂内存留很多价值连城的艺术品，如佛兰德木祭坛、石雕、木刻等，还有以基督教受难苦路十四站为主题的多幅绘画贵。漫步在古街上，可欣赏到绝美的艺术画廊和古老的宅舍阳台。

莱昂古城是西班牙在美洲最早的殖民城市之一，饱受火山活动的影响及频繁地震的毁坏。自 1609 年地震后，从此时光停住，此城再也没有扩张和改变城区规划。虽然此城最终仍然避免不了自然的摧残而湮灭，经过挖掘之后又受风侵雨蚀而危殆，但是为考古调查提供了绝佳参考。2000 年，莱昂古城遗址被联合国教科文组织列为世界文化遗产，这是尼加拉瓜唯一一处世界遗产。

莱昂城是尼加拉瓜第二大城，为莱昂省首府，拥有 7.7 万人口，现已开辟成旅游景点。

去|北|美 Go to North America

● 教堂

● 古教堂

莱昂古城，这座久违的旧都如此沧桑……

从莱昂城东行 80 公里即为现首都马那瓜，于 1855 年从莱昂迁来。马那瓜市是中美洲最年轻的城市之一，又是中美洲最热的城市，它因马那瓜湖而得名。马那瓜在印第安语中意为"泉边之地"。市区结构呈棋盘形，中央大道纵贯南北。城区最繁华地带为市中心的"革命广场"，周围有革命宫、市政厅、大教堂、银行大楼、

第五章　中美洲：坐落在地峡上的国家

洲际饭店等建筑。

走进国家历史博物馆，从文物、图解、照片、画册，大致了解了尼加拉瓜的历史。尼加拉瓜最早的原住民为印第安人，哥伦布登陆后，于1522年沦为西班牙殖民地。经过尼加拉瓜人民的反抗，1821年摆脱西班牙殖民枷锁宣告独立。1823年加入中美洲联邦。中美洲联邦包括危地马拉、萨尔瓦多、洪都拉斯、尼加拉瓜和哥斯达黎加共5个国家。1839年尼加拉瓜共和国建立。1912年，美国在尼加拉瓜建立军事基地。1934年在美国政府策划下暗杀了尼加拉瓜民族英雄桑地诺。尼加拉瓜面积为121428平方公里，人口600万，其中首都马那瓜为160万。尼加拉瓜的国名释义源于印第安酋尼加鲁的姓氏，别称"湖泊和火山之国"。尼加拉瓜湖为中美洲最大的湖泊，它是世界上唯一有海洋鱼类的淡水湖。该国有特点的节日为"母亲节"和"玉米节"，玉米节时会评选玉米皇后。该国每年都在全国数以万计年轻美貌的农家姑娘中挑选出24名候选人，参赛争夺玉米皇后。尼加拉瓜盛产玉米，中美洲人习惯叫尼加拉瓜人"比诺雷罗"，西班牙语意为"喜爱吃玉米的人"。

走出博物馆，来到该国著名诗人达里奥纪念碑、阿卡华林卡脚印博物馆、大教堂、总统府等地踏访。最有看点的是阿卡华林卡脚印博物馆，处在马那瓜城西北角的阿卡华林卡区。博物馆大院中，有两个4米多深的大坑，坑的底部布满了密密麻麻、大大小小的脚印。据说这些是古人类踩下的脚印，而且是一群人的脚印，深印在石板地面上，好像是众人惊慌失措逃命而去留下的足迹。1874年当地人在这里采掘石料时发现了这些脚印。有关科学家说这是5万年前留下的古人类脚印，有人说是冰河时期古人类的足迹，还有人说是外星人而为。不管怎么说，这一发现震动了世界。这些脚印凝固在熔岩上，也有人分析可能是古代火山爆发时仓皇逃窜的人留下的足迹。这到底是怎么回事？人们一直争论不休。不管是何年何人留下的，这些脚印是极为难得又是极为珍贵的足迹。为了保护好这些遗迹，在此地原封不动建了博物馆，将遗址围拢起来，防止人为破坏。

在马那瓜踏访，还发现一个奇怪的现象，就是这里男女比例严重失调，男少女多现象普遍，其比例为 1:4。全国 40% 的家庭只有母亲而没有父亲。而这种现象在当地不足为怪，又不受任何歧视，已经成为常态化。

马那瓜市，这座年轻的首都如此之奇妙。

● 繁华的农贸市场

第五章　中美洲：坐落在地峡上的国家

哥斯达黎加的云雾森林

林莽莽，云茫茫，雾蒙蒙……

踩着落叶，踏着山路，我在云雾森林中穿行……

走进森林半个小时后，眼前突然出现一座吊桥，又长又大，横跨在两山之间，足有上千米长。这是"世界上最长的云雾森林吊桥"！吊桥由钢制绳索、铁丝、铁架建成，涂抹着绿色原料，和林海融成一色。

● 边走边欣赏云雾森林

去|北|美 | Go to North America

　　这是一条观光吊桥，当走上吊桥时，那莽莽林海笼罩在茫茫云雾之中，云浪汹涌澎湃，林涛缠绵翻卷，这是一幅壮丽的林海云雾图，那么浩瀚！那么博大！那么宽阔！

　　这就是著名的蒙特沃德云雾森林保护区！

　　保护区的工作人员指着云雾下的森林说："来自加勒比海的暖湿气流汇集在半山腰冷凝成水雾，乳白色雾气像轻纱一样终年缭绕，覆盖着茫茫的树林，看上去分外神秘。"接着他说，哥斯达黎加拥有世界上最著名的多样化热带雨林，多样化包含了面前的云雾森林、加勒比海热带雨林、太平洋沿海热带常绿林和过渡区林带。如此多样化的生态环境在世界上实属罕见，它已被评为"世界十大最迷人的森林"之一。

　　走完这座横卧在林间的吊桥后，绕过一座山峰，又是一座吊桥。这座吊桥更长、更宽、更隐蔽，吊桥上有来自世界上很多国家的观光客。

　　经过两个多小时，我连续踏行五座吊桥，近距离饱览了云雾笼罩的原始森林……

　　在蒙特沃德云雾森林保护区，还有一个观看云雾森林的理想选择，

● 行走在吊桥，从不同地点观看原始森林中的云和树

即蹦极项目。这里拥有整个中美洲乃至全拉丁美洲最高也是最新的蹦极设施。来到这里，若不参与，将会留下终生遗憾。于是，我排队半个小时，小试了一把。当升至距地面143米之时，登上吊在缆绳上的电车，一个大的下滑，俯瞰到下面的中美洲地区终年被云雾笼罩的雾林，甚为壮观！不过惊险和刺激伴随始终。据工作人员介绍，这里是"全球十大蹦极胜地"，可与新西兰、津巴布韦、瑞士、南非、中国（澳门）、尼泊尔、奥地利等9个国家的蹦极媲美。

蒙特沃德云雾森林保护区的"索道滑行"设计行程路线非常精巧。乘长长的索道，穿越热带雨林，它和吊桥、蹦极一样，能够尽情观赏云雾、森林、溪流，让人

● 凝望

仿佛进入一个仙境之地、童话世界，真正感受到热带雨林带来的欢快和无限生机！

这里热带雨林变化的小气候，滋润了不同的小环境，成为猴子、懒熊、切叶蚁、长鼻浣熊、犀鸟、绿鹃等成百上千动物的栖息地，还孕育了大量的两栖动物和鸟类。为此，哥斯达黎加被誉为"地球上生物最为密集的地区"，被称为"世界上生物种类最丰富的国家"，生物种类达2000多种。

2000多物种！这确实是一个不小的数字。哥斯达黎加的整个面积只占到世界陆地面积的0.03%，它却拥有全球4%的物种，这足以证明该国保护环境的力度！

全球气候变暖，也影响到哥斯达黎加。蝴蝶效应，不可小视。当地科学家发现，一种浑身金黄，名为金蟾蜍的著名两栖生物灭绝了！紧接

● 森林之鸟

● 红青蛙

着又陆续有一些物种永远离开了地球！现今世界，已知的5743种两栖动物，包括蛙类、蝾螈类、蚓螈类等，有接近一半的物种数量正在下降，有三分之一面临灭绝危险，这些都是人类开发、环境污染和气候变化造成的。

当然，在哥斯达黎加境内，也有砍伐和焚烧树木的现象。一些人不听政府劝告，一些公司企业违反政府指令，擅自焚烧、砍伐森林。

在蒙特沃德云雾森林保护区，我还参观了昆虫博物馆、蝴蝶园、珍稀青蛙栖息地、花卉室等。

晚上，我就住在建于热带雨林中的宾馆，与这里的生物共息一个林间，共享一个环境。

星闪闪，夜蒙蒙。蒙特沃德的夜是安宁的，静谧的。但我这个远方来客久久未能入眠。从这里的云雾森林，想到了大自然，想到了环境污染，想到了地球变暖，想到了森林砍伐……

世界上的物种伴随着人类开发和环境变化在减少，在灭绝……人类，也是地球上的物种，若不注意环境保护，也将会在地球上消失……

巴拿马运河

清晨，迎着太平洋的海风，从巴拿马城驱车，向着巴拿马运河的始端前行，去踏访这个"世界七大工程奇迹"的一号水闸。

经过十多分钟车程，来到巴拿马运河入口处的一号水闸时，才发现排长队参观的人如此之多。

居高临下，看一号水闸需要登高望远。这里专门设置了瞭望台，瞭望台是一座四层楼高的白色建筑。当我乘坐电梯登上最顶层，一幅壮丽的巴拿马"清晨上河图"铺展在面前：巴拿马运河像一条白色的巨龙横躺在此，一端连着茫茫的太平洋，一端奔向莽莽的丛林。映着朝阳，波光粼粼的水面上，世界各地的巨轮云集于此，浪花涌动，桅杆竞发。缕缕白烟中，一声声汽笛，一摞摞集装箱，悠悠哉哉通过水闸，牵引机、滚动闸、储水槽，协调联动，助推来往船只，呈现出一派繁忙景象……

这就是巴拿马运河的一号水闸！

这就是举世闻名的巴拿马运河！

巴拿马运河是世界上最具战略意义的人工水道，另一条为苏伊士

巴拿马运河全景

通过巴拿马运河的货轮

运河。

在一号水闸，讲解员讲述了巴拿马运河的运行情况。

巴拿马运河始于太平洋沿岸的巴拿马城港，先后流经库莱布拉、萨米特、甘博阿、达连、费里霍莱斯、蒙特利里奥等城镇和加通湖，最后到达大西洋沿岸的科隆港。巴拿马运河长82公里，宽152米至304米，水深20米，运河设有三套三级提升的水闸，将水位提升高出两大洋26米，运用机械助推轮船通过。巴拿马运河每天通过巨轮40艘，每艘通过时间为9小时，可以通航8万吨级轮船。

讲解员说："屈指算来，每年要通过1.4万航次的巨轮，目前有一万多名管理人员精心操作，使来往船只顺利通过。"

巴拿马运河，不愧为 20 世纪最大的土木工程！

巴拿马运河，不愧为人类历史上最伟大的水利工程！

从瞭望台下行的楼层，均为巴拿马运河历史博物馆，馆里详细介绍了巴拿马运河建造的全过程。展出的第一部分即是建造运河的初创阶段和构想。早在 15 世纪，西班牙人瓦斯科·科尔特斯就提出建造运河的设想。1523 年，西班牙国王查理一世明确了开凿运河的主张。1534 年，西班牙国王卡洛斯一世下令在巴拿马地峡勘察地形。1814 年，因拉美独立战争爆发而搁浅。1879 年，法国决定开凿巴拿马运河，并于 1880 年正式开挖。然而由于当地疫病的传播导致工程不得不于 1889 年终止。1903 年，美国与巴拿马签订协议开凿运河，付出 1000 万美元的代价获得使用权。在美国的主导下，巴拿马运河开凿于 1904 年，1914 年 8 月 15 日竣工并正式通航。

展馆第二部分为施工阶段。巴拿马运河开工后，动用了成千上万的劳工，用工高潮时达到 5 万人之多并使用了当时世界上最先进的挖掘机、铲土机及挖泥船。施工最艰难之处是运河最窄处的"蛇峡断崖"，长达 12.7 英里，占运河总长度的五分之一，是凿穿巴拿马地峡中央山脉岩石的关口。由于条件极为艰苦，其中有 3 万多人因病情、疫情和施工失去生命。在施工中，还有上千名中国劳工也参与了建设，运河中同样流淌着中国人的血汗。当年挖掘的土石方达到 15292 万立方米，足以堆砌出 63 座埃及金字塔，如将运送的火车皮衔接起来足以绕地球四圈半之多！

第五章 中美洲：坐落在地峡上的国家

● 巴拿马运河博物馆展出的开挖现场照片

● 巴拿马运河博物馆展示的勘探照片

　　在博物馆的第三部分，展出了开凿运河的实物，其中有手镐、铁铲、水钻、砍刀、斧头等，还有劳工穿的衣服、手套、帽子、皮带等。

209

去 | 北 | 美 Go to North America

影相、声响、珍贵照片等设在第四展厅，真实记录了开挖运河的宏大场景和运行场面。

据介绍，巴拿马运河的开通，使美洲东西海岸航程缩短了 1.2 万公里，轮船不用再去绕行南美洲最南端的合恩角，自此就有了"世界桥梁"之美誉。

走出巴拿马运河历史博物馆，离开巴拿马运河一号水闸，我去乘坐巴拿马运河观光列车。自巴拿马运河开通后，又沿巴拿马运河修建了铁路，起始站为太平洋沿岸的巴拿马城，终点站为大西洋沿岸的科隆城，运行距离为 80 多公里。观光列车的开通，吸引了外国旅客，凡到巴拿马看运河的来客，一定不会错过乘观光列车观看运河的机会。

这是一列红色车皮的列车，共有 12 节车厢。列车舒适亮堂，除洁净明快的车窗外，每节车厢还多设了一个观光室，既能坐在座位上看，

● 巴拿马运河观光列车

第五章　中美洲：坐落在地峡上的国家

也能到观光室站着观望，人性化的设计大大方便了游人。

列车开动了！沿着巴拿马运河，顺着宽敞的堤岸，伴着轻盈的音乐，随着歌声笑语，列车缓缓行驶在这个南美与中美之间呈漏斗状的地峡上……河岸上，首先呈现的是堆积如山的各地集装箱，一排排，一行行，一堆堆，其间印有"CHINA"字号的集装箱非常多，也很醒目。

列车时而穿过原始森林，时而越过沼泽草地，时而翻过山岭土丘，树木、岭地、电杆，嗖嗖向后退缩，唯一不变的是那脉脉流淌的巴拿马运河，静静地刻在大地上，旷野中，蓝天下……

列车在前行！车轮在呼啸！窗外运河水面上，开动的巨轮，行驶的舰艇，劈波前进的航船，给巴拿马运河增添了无限生机。更让我心动的是，看到很多飘动着中国国旗的货轮昂扬前行……

● 在巴拿马运河上运行的货轮

去 | 北 | 美 | Go to North America

据悉,巴拿马运河承担着全世界5%的贸易货运量。中国是巴拿马运河的第二大用户。

行车中,我就巴拿马运河的现状特意采访了列车乘务员,这位有十年工龄的乘务员说:"巴拿马人都知道,当年美国与巴拿马政府签订的运河使用权实际是一份不平等条约。运河开通后,它能创造的价值,带来的收益,大都被美国拿走。试想,巴拿马运河每年450亿美元的收益,与25万元的年租金相比,差距多么巨大。"

乘务员还没有讲完,列车长走来接过话题说:"不平等条约是主权的问题。巴拿马运河两侧16公里、1432平方公里的面积,全被美国占领使用,升美国国旗,实行美国法律,由美国总统任命运河区政府总督,区内还设有14个美国军事基地,6.5万美军,巴拿马成了美国的国中之国。巴拿马人民一直在为夺回巴拿马运河使用权而进行不懈的斗争。1946年1月9日,一名巴拿马学生为维护国家主权,勇敢地将本

第五章 中美洲：坐落在地峡上的国家

国国旗插在运河区，被美国人枪杀。这一事件引起3万多巴拿马人到运河升国旗，美国进行血腥镇压，打死400多人。为此，巴拿马全国爆发了震惊世界的反美斗争，在这一斗争浪潮中，美国不得不与巴拿马政府重新协商，并签订了将巴拿马运河归还巴拿马的期限。1999年，美国正式将巴拿马运河交还给巴拿马政府，并撤走了驻扎在巴拿马的美国军队。"

一声轰鸣！列车驶入加通湖。加通湖系查格雷斯河上的水坝拦蓄而成，实际也是一座大型水库，面积425平方公里。运河在此也融汇入湖水中。后来，巴拿马运河就是运用了加通湖的地理位置优势，缩短了开凿工程，这段的轮船不是在河道中行驶，而是运行在湖水中。高峡出平湖，天险变通途。现在才明白，为什么建造水闸升高水位，原因就是要与湖面持平。因为加通湖的湖面水位比海平面高出26米。

火车在湖水中架起的大桥上飞驶，眺望窗外，另有一番情趣：碧

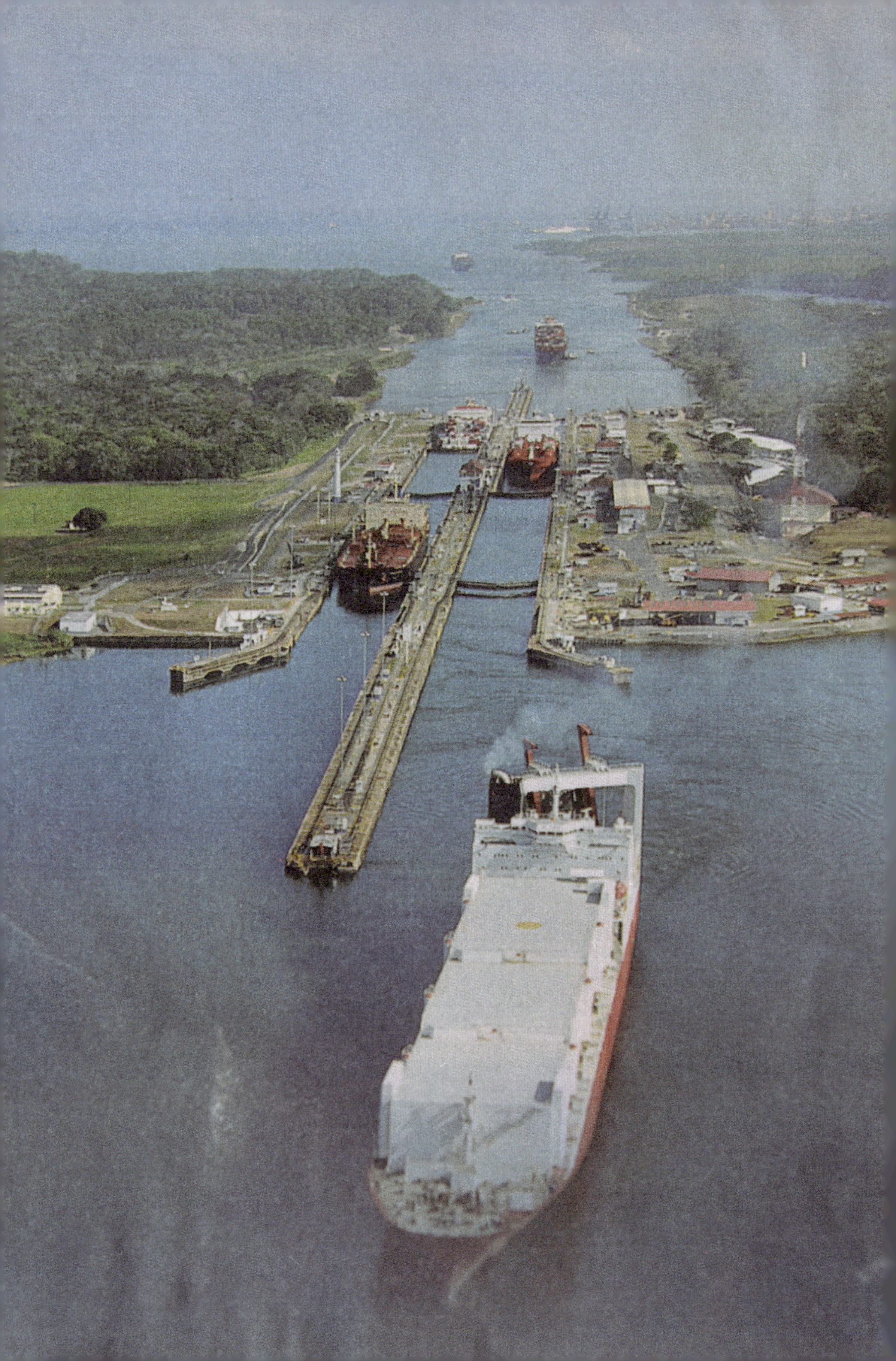

第五章 中美洲：坐落在地峡上的国家

波荡漾，渔舟唱晚，飞鸟翱翔，湖光水色，风景这边独好！

经过一个多小时的车程，火车停靠在科隆港口。

畅游巴拿马运河后感慨万分！

巴拿马运河，揭开了人类建设史上光辉的一页！

巴拿马运河，也同时引发巴拿马人为维护祖国主权及民族尊严而做出不懈反抗和英勇斗争！

温馨提示

中美洲7个国家中只有哥斯达黎加和巴拿马同中国建交，但其他5个国家与中国的贸易往来还是较多的，对华人的到达没有陌生感。值得注意的是有些国家治安较乱，甚至政变频繁，不安全因素较多。所以到中美洲切记晚上不要出来活动，不要去人多聚集之地。拿到中美洲国家的签证很不容易，因为没有外交关系，需到第三国改签，如到美国办理最为方便，当天即可办完。至于前往也需到第三国转机才能到达。目前去往中美洲国家，除哥斯达黎加之外，很少有旅行社组织，多是通过中国香港旅行社。

去|北|美 | Go to North America

第六章　加勒比海：神秘莫测的海岛世界

6 加勒比海
神秘莫测的海岛世界

　　加勒比海处在北美洲的最南部，是北美洲的组成部分，面积 275.4 万平方公里。加勒比海被誉为"地球背面最大的内海"，散落着 13 个独立国家及 14 个地区。这里拥有世界唯一存活的沸腾湖、世界最活跃的火山岛、世界独一无二最丑陋的沥青湖景观，还有曾几何时猖獗于世的加勒比海盗、风靡世界的雷吉音乐和具有海岛特色的世界文化遗产……

去|北|美 | Go to North America

美丽的哈瓦那

蓝天，白云，大洋。

飞机在海阔天空中翱翔……

加勒比海之国——古巴到了！

透过机窗俯瞰湛蓝的大洋，一座静静的海滨城市镶嵌其中。那白色的沙滩映衬着平静的大海，那棋盘式纵横的街道四周扩展，那一排排洁净的建筑，壮丽而不失典雅，那苍翠繁茂的树木既怡心又悦目。这就是古巴首都哈瓦那，被誉为"拉丁美洲最美丽的都城"。

我是从北京起程，转机后来到古巴哈瓦那的。

接机者将我送到下榻的部队宾馆。听说我是来自中国的客人，服

● 古巴革命广场

务员异常热情,照顾十分周到细致,由此可见中古关系的牢固和感情的深厚。

古巴行程安排得十分紧凑,踏访的第一站是首都哈瓦那。

1982年,哈瓦那被联合国教科文组织列为世界文化遗产。

办理入住手续后随即前往市中心。古巴向导叫哈比,他在北京学过两年汉语。在汽车上,他向我介绍了古巴的情况。

古巴被誉为"加勒比海的明珠",总面积11万平方公里,相当于中国的江苏省,人口一千多万。这是一个狭长的岛国,东西长1200公里,南北宽200公里,最窄处只有十几公里。除古巴主岛外还有一个蛋形小岛青年岛,为此人们常把古巴地形比作一条正在孵蛋的鳄鱼。古巴是个多难国家,16世纪初沦为西班牙殖民地,长达300年的殖民统治由此开始。1898年后,又一度被美国占领,直到20世纪初成立共和国。古巴虽小,但却是个旅游大国,有9处地方被联合国教科文组织列为世界文化遗产。

说着,汽车停在一处古老的榕树林旁。哈比说:"这一带是梅拉马尔街区,西班牙殖民时期的富人们就住在这里,至今还保留了当年各式各样的建筑。榕树林是他们休闲的场地。"步入榕树林,看到每棵树的树身十人合抱不下,至少有500年的树龄。

过榕树林,汽车沿哈瓦那著名的海滨大道一路前行,大道一边是波涛汹涌的大海,一边是林立的楼房。这条海滨大道由东向西沿海岸延伸10多公里,已有100多年的历史。沿岸一侧,休闲的人群唱歌、跳舞、聊天,还有一对对情人流连,面朝大海。

行驶中，突然，岸边一尊男士怀抱小孩的雕像出现在视线中，我不解其意。哈比解释说："这座雕像讲述着一段忧伤的思念故事。前些年，一个名叫埃连的古巴小孩身处美国，而他的爸爸却在古巴，孩子见不到父亲，日日寻觅；父亲见不到孩子，忧思肠断，可惜美国不允许他们团圆。于是许多古巴人天天站在这个地方面朝美国呼吁，希望美方放还孩子。美国在巨大压力之下开了绿灯，这尊雕塑就是当时的写照。"

汽车拐了一个大弯来到革命广场，这是古巴的政治中心，看上去面积足有5个足球场大，可容纳上百万人。

广场南侧为主席府和中央委员会大楼，北侧为内务部大楼，上面挂着民族英雄格瓦拉的大型画像，与之对称的大楼挂有西恩富戈斯司令的头像。这两幅头像非常醒目，警示人们不要忘记过去。旁边有国家图书馆、国家大剧院等建筑。

● 革命广场上的民族英雄格瓦拉大型画像

第六章 加勒比海：神秘莫测的海岛世界

开阔的革命广场上最显眼的是耸立在南侧的马蒂纪念碑，直插云霄，碑前是马蒂的巨型雕像。为什么古巴人对马蒂这样敬重呢？哈比作了介绍。马蒂是古巴革命的先驱，1853年出生于哈瓦那一个贫穷家庭，自小立志为独立而斗争。1868年的战争爆发后，他号召古巴人民起来反对西班牙统治，后被捕判刑，流放他国。刑满后他回国，继续为独立而呐喊。他发动武装起义，英勇作战，1895年在同西班牙军队的战斗中不幸牺牲，其丰功伟绩令人动容。穿过广场，走近高142米呈五角形的马蒂纪念碑，我在雕像前致礼。纪念碑一层有马蒂的铜像和展厅，详细介绍他的生平。而后我乘电梯上到塔顶，居高临下，俯瞰哈瓦那市的全貌。

哈瓦那还有一处地标国会大厦，是仿照美国的国会大厦建造的，当时为古巴参众两院的所在地。古巴国会大厦的规模虽不及美国的国会大厦，但白色大理石托起的雄伟塔楼还是令过客折服。大厦内部装饰富丽堂皇。据悉，大厦屋顶穹窿与大厅的对应处有一颗钻石，是古巴全国公路零的起点。

国会大厦

巴洛克式建筑加西亚洛尔卡剧院前的老爷车

去|北|美 Go to North America

在大厦广场前还摆放着很多退役的老爷车，供游人拍照留念。

在哈瓦那老城区，我参观了武器广场。虽然这个广场不大，但它的历史却相当悠久。广场东侧有一座像皇宫一样的建筑，为西班牙风格，据悉西班牙女皇曾在此居住，后改为酒店，它已有200多年的历史。

● 老城区的古建筑和古街道

广场东北方有一座古老的建筑，名为特泊特，前边是一处小庭院，之中有一棵木棉树和一个神龛亭。据悉这里是哈瓦那古城的发祥地，可追溯到1519年。北侧是要塞，四周设有护城河，形成坚固的防御体系。广场西侧是建于1776年的西班牙殖民时期的总督府，又称上慰宫，典型的西班牙式装饰。

革命广场、国会大厦广场和武器广场，三处广场上的建筑映射出古巴、美国和西班牙三种文化形态，令人感慨！

武器广场处在老城区的中心地带，我穿街走巷，欣赏这座"人类历史遗址"古城，纵横交错的街道狭窄古旧，夹杂着城堡、教堂、修道院、广场、雕像，给人以沧桑感。尤其是著名的大主街道，两边的

第六章　加勒比海：神秘莫测的海岛世界

店铺、住宅岁月久远，因其古老而敞开胸怀迎接世界各地的游客前来踏行。走在大主街道，人山人海，行为艺术者、杂耍艺人、手工艺品商贩比比皆是，较北京的王府井还要热闹。

古巴国家不大但它的"雪茄"烟和"朗姆"酒驰名世界。在哈瓦那市区我参观了 Havanaciub 朗姆酒厂及它的博物馆，从加工到酿制，工艺非常精细。由于口感好，它成了世人追捧的物品。朗姆酒已成为古巴国家的象征。雪茄烟之所以享誉世界，源于它的产地和加工制作技艺。在哈瓦那烟厂，我亲眼目睹了传统的雪茄加工过程，工人们那一丝不苟的专注精神，着实令人赞叹！

在哈瓦那，中国城、旅古华人纪念碑、马塞欧公园、摩罗城堡等同样令人难忘。

天色近晚，我们驱车前往卡瓦尼亚城堡，去参加那里的关城礼炮仪式。卡瓦尼亚城堡建于 18 世纪后半叶，占地 11 公顷。进入城堡前，首先要穿过 700 米长的护城战壕，城堡一端的一座 14 米高的基督塑像

哈瓦那古城发祥地

和城门的雕刻都很精美，在灯光照射下栩栩如生。刚踏进城门，发现观看礼炮鸣放的人很多。攀登到城墙上，被拥至人群中，看到一队穿着古代服装的士兵站在大炮旁。直等到晚上九时整，只听一声炮响，一串火光冲天而上，警示哈瓦那市民城门已关，不能再出城或进城。这一习俗已沿袭了三百多年，不管刮风下雨，天天如此。

返回驻地的路上，看着夜晚中神秘的哈瓦那，想起海明威的一句话："哈瓦那是除威尼斯和巴黎以外世界上最美丽的城市！"

哈瓦那，这座美丽的都城，沉浸在寂静的夜空……

古巴，这个加勒比最大的岛国，沉睡在茫茫的大海……

● 古城堡

牙买加，雷吉音乐发祥地

牙买加是雷吉音乐的发祥地，如今欧美流行乐中的主体都是雷吉的后代。开创雷吉音乐者是牙买加平民歌手鲍勃·马力。

马力的祖籍是埃塞俄比亚，1945年出生于牙买加北部的九英里村，父亲是一位军人，母亲为黑人妇女。马力12岁时，父亲不幸去世，母亲与他从此相依为命，过着清贫艰难的日子。

从小酷爱音乐的马力，在山村里靠卖唱维持生计。1964年，他组成"哭泣着的哭泣者"乐队，辗转乡村农舍，唱起牙买加贫民窟里的困顿生活，以及这期间创作的《Miss Jamica》。从此，马力成为街头少年的卖唱偶像。同时，也孕育了他的雷吉音乐。此间，乐队推出了专辑《Catch a Fire》（引火烧身）。

一次，马力举办一场音乐会，在音乐会前夕，5名枪手突然闯入对他们疯狂扫射。谋杀虽没有成功，但马力却受了重伤。但他还是咬着牙坚持举办完他的音乐会。

马力曾在首都金斯顿一家唱片公司打工，一干就是6年。在唱片公司工作的马力，如鱼得水。他如饥似渴地吸收着一切与音乐有关的元素，他的音乐才华更加凸显，他的音乐灵感喷涌而出，他的雷吉音乐不断升华。

到20世纪60年代后期和70年代，马力的雷吉音乐流行于全世界，特别盛行于加勒比海及欧美，久唱不衰。

马力，一度成了牙买加的符号！

然而，天妒英才。1981年，马力在归国途中，经美国迈阿密时癌症复发，永远合上了双眼。那一年，他仅36岁。在母亲的护送下，马力的遗体运回牙买加，在首都举行了隆重的葬礼。之后，他的遗体被运回故里。

在金斯顿，我踏访了马力曾经工作过的唱片公司，那里现已改作鲍勃·马力博物馆。公司大门和外墙，画满了马力的生平故事；院子里

● 鲍勃·马力工作过的唱片公司

第六章 加勒比海：神秘莫测的海岛世界

竖立着鲍勃·马力的全身雕像；楼房里展示着马力用过的调音器械及灌制的唱片，还有他穿过的衣服和一些生活用品。

从金斯敦驱车，经过3个多小时的崎岖山路，就来到马力的故乡九英里村。九英里村是个很小的山寨，街道上到处都是马力元素。街墙上，路口处，店铺前，比比皆是鲍勃·马力的画像，工艺品店大量出售马力的木雕和唱片、光盘。九英里村，因鲍勃·马力而出名，成为国家的一大亮点，也是游客必去的地方。

拾阶而上，走向马力的故居。这是一处极为普通的住宅，院落里贴满了马力的画像。参观前，有个乐队向来者专门演唱马力的雷吉音乐，边演边唱，把气氛推向高潮。在马力的故居设有一个展室，里面有马力用过的钢琴、吉他及他灌制的唱片和生活图照，还有报纸刊登的有关他的活动情况。马力昔日的住所很小，至多6平方米，非常简陋。小屋内放着一张单人床，是他在他的《Is

● 当地人模仿马力在故居里又唱又跳吸引客人

● 马力在这间挂有他头像的小屋里创作了惊世之作

This Love》这首歌里提到的那张小床，童年的马力一直睡在这张床上。就是在这张单人床上，他写出了《Is This Love》这首歌。除单人床外，小屋内还摆放着马力当年的生活用品。马力的童年时代就是在此陋屋中熬过，一直到15岁时才离开。小小住屋的后面有一块石头，马力当年常常枕着这块石头睡觉和沉思。

鲍勃·马力的遗骨安放在故居对面的一间房子里，所用的石材是从埃塞俄比亚运来的。门前插着红、黄、绿三色旗，写有 BOB 红、黄、绿三色字，而且多处地方显示红、黄、绿三色标识。据悉，这三色是埃塞俄比亚国旗的颜色，分别代表鲜血、太阳和大自然。

为什么鲍勃·马力与非洲的埃塞俄比亚联系在一起了呢？在马力的故居，解说员给出了答案。鲍勃·马力的雷吉音乐与拉斯塔法里教有千丝万缕的联系。拉斯塔法里教由牙买加黑人解放运动领袖马科斯发起，呼吁牙买加黑人团结起来，重新获得解放，重返非洲故乡，追求黑人独立。其口号是"同一个上帝、同一个目标、同一种命运"。该宗教崇尚埃塞俄比亚前皇帝海尔·塞拉西一世。海尔·塞拉西之意为"圣父、圣子、圣灵三位一体的威力永不消亡"。拉斯塔法里教中的"拉斯"便源于此。而鲍勃·马力的雷吉音乐，正是表达了黑人们的内心追寻，呼吁黑人同胞团结一心，摆脱贫困和压迫，走向美好未来……

马力的雷吉音乐有很强的节奏感，浓烈的非洲韵味，激情满怀的黑人力量，浪漫、豪放、明朗。马力将这一音乐渗透到欧美流行音乐及摇滚乐的领域，对西方音乐产生很大影响，后世尊他为雷吉乐之父、雷吉乐鼻祖和拉斯塔法里教徒。鲍勃·马力共出访过14个国家，举办了

第六章　加勒比海：神秘莫测的海岛世界

100多场个人音乐会。1984年出版的马力雷吉乐界专辑，销量达两千多万张。1990年，马力的生日被定为牙买加法定假日。2010年，马力获选美国CNN"近50年世界五大指标音乐人"。马力的《灼烧》《我向警长开枪》被音乐人克莱普顿（Clapton）翻唱并一度排到英国音乐排行榜榜首。

马力音乐，一度影响了大半个世界！

牙买加，因鲍勃·马力而骄傲和自豪！

● 参观马力故居的人流

去|北|美 Go to North America

海盗集聚之地巴哈马

海盗雕像

湛蓝的天空，雪白的云海……

飞机在高空飞翔……

透过朵朵飘动的薄云，依稀可见大海中散落着一座座小岛、一处处岩礁、一片片浅滩，星星点点，密密麻麻，点缀在蓝色的大洋中……

这就是巴哈马群岛。巴哈马国就坐落于群岛之上。

巴哈马，是一个岛屿较多的国家，由723个岛屿、2500多个岩礁、数不清的珊瑚礁组成，素有"千岛之国"的

第六章 加勒比海：神秘莫测的海岛世界

美称，巴哈马面积 13939 平方公里，人口 34 万，其中 20 个岛屿上有人居住。

巴哈马是加勒比海最富裕的国家之一，以"旅游者的天堂"和"加勒比的苏黎世"而著称。

巴哈马昔日是海盗猖獗之地，为此有人戏称这里曾经是海盗出没最多的国度。

飞机徐徐降落在巴哈马群岛中的新普罗维登斯岛，首都拿骚就坐落于这个岛上。接机者是一位当地黑人，翻译兼向导，名叫宗巴依斯。"首都所在的新普罗维登斯岛是一个很小的岛，长 34 公里，宽 11 公里。"他说。

汽车向首都拿骚市区飞驶。宗巴依斯介绍："'巴哈马'这个名字是由西班牙语延伸出来的，是浅滩的意思。因为巴哈马群岛多是由浅滩风干而形成的岛屿。各岛均为石灰岩岛，地势低平，最高海拔仅 63 米。有的岛屿刚刚冒出海平面，还有的岛几乎与海平面持平，只浅浅露出白色的沙滩，煞是美丽。1492 年，当哥伦布第一次登上小岛后非常震惊：这里才是世界上最美丽的地方！乔治·华盛顿登岛后感受着爽朗的气候，赞叹这里是永远的 6 月！巴哈马，是加勒比海地区最好的度假胜地。"

说到哥伦布，不能不回望巴哈马的历史。宗巴依斯说："岛上最早的居民是当地土著人。然而自西班牙人登岛后，当地人或被强制劳动，或被残杀灭绝。后西班牙人又从非洲运来大批黑奴。1647 年，这里转而受英国统治，直到 1964 年巴哈马人才获得解放。"

转眼，汽车开进拿骚市区。这座城市是以英国亲王拿骚的名字命

去|北|美 Go to North America

名的。拿骚，这个不到 20 万人的城市看起来很小，只见短短的街道，窄窄的马路。路旁坐落着很多殖民时期的建筑，有红色、黄色、蓝色的，有圆形、梯形、尖塔形的，错落有致。

在向导宗巴依斯带领下，我们首先走进海盗博物馆。它是加勒比海地区唯一一个海盗博物馆，地处步行街，是一座典型的殖民时期老建筑，整个楼体呈深红颜色，外墙画有很多海盗的图像，大门为海盗装饰，门卫穿着海盗服装，边门出售海盗工艺品……

海盗、海盗，眼前、身旁，我被"海盗"裹挟着……

步入海盗展厅，海盗船、海盗枪、海盗刀、海盗炮、海盗剑、海盗灯、海盗绳等等，满目皆为海盗的用具，那些海盗抢窃之凶器一一展现在眼前，刀光剑影，杀气腾腾！

解说员介绍："在 18 世纪上半叶，严格说是 1690 年至 1720 年，

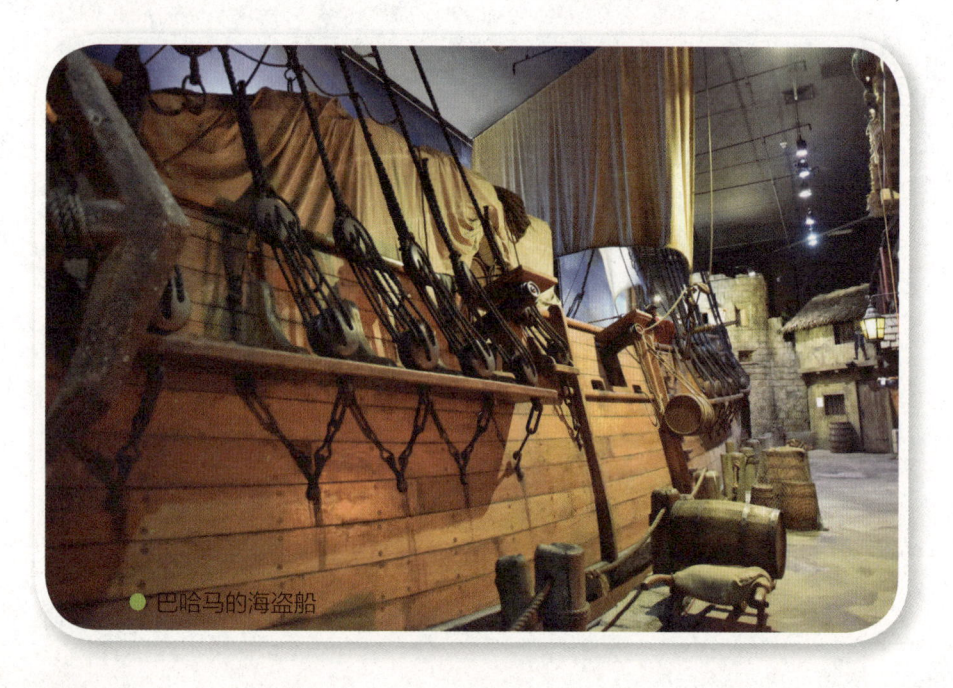

● 巴哈马的海盗船

第六章　加勒比海：神秘莫测的海岛世界

这里的海盗十分猖獗，巴哈马仅拿骚就居住着3000多名海盗，可以说拿骚是海盗的老巢。海盗将抢来的金银财宝，或藏于洞穴，或藏于岩缝，或运回内陆。"

3000多名海盗？这是一个多么惊人的数字！据讲解员说，当年海盗抢劫，靠的是残忍血腥的杀戮，不给物就要命，他们不知谋害了多少生命，掠夺了多少财产。

"巴哈马成为海盗的老巢，是因为这里有数不清的小岛，密布着很多沙洲、礁石和海峡，地形十分复杂，为海盗船提供了得天独厚的藏身之地。同时，海盗利用有利地形，引诱船只到海礁地带，逼迫船只触礁，然后海盗们再上船抢劫。"解说员如是介绍。

这时，向导宗巴依斯讲起著名海盗黑胡子的故事。他说："当年，黑胡子海盗曾隔三差五以巴哈马群岛为基地四处伏击。黑胡子的船上挂

● 海盗之战

去 | 北 | 美 | Go to North America

满了人骨，充斥着浓浓的血腥味，极为恐怖。他掠夺过往船只，从没有失手过。黑胡子，成了远近闻名的海盗大王。凡是在加勒比海行船者，只要一听黑胡子海盗，就会丧胆丢魂。"

据悉，在加勒比海地区，共有十大海盗岛，其中有巴哈马、开曼群岛、海地、瓜德罗普岛、牙买加、圣克洛伊岛、英属维尔京群岛等。

参观海盗博物馆，见证历史，回味历史，让人思绪万千……

出海盗博物馆，专程前往位于拿骚西部的夏洛特堡，那里曾是海盗经常出没之地。这座城堡建造得十分雄伟，十多门大炮面向大海，严阵以待。据介绍，这是英国政府于 1718 年为镇压海盗而修筑的。走进堡垒地下室，它像迷宫一样转来转去，稍不留神就会迷失方向走不出来。在城堡地下洞穴内，展示了昔日海盗掠夺的金银财宝、海盗使用的武器及生活用品。

● 夏洛特堡

● 芬卡斯尔堡

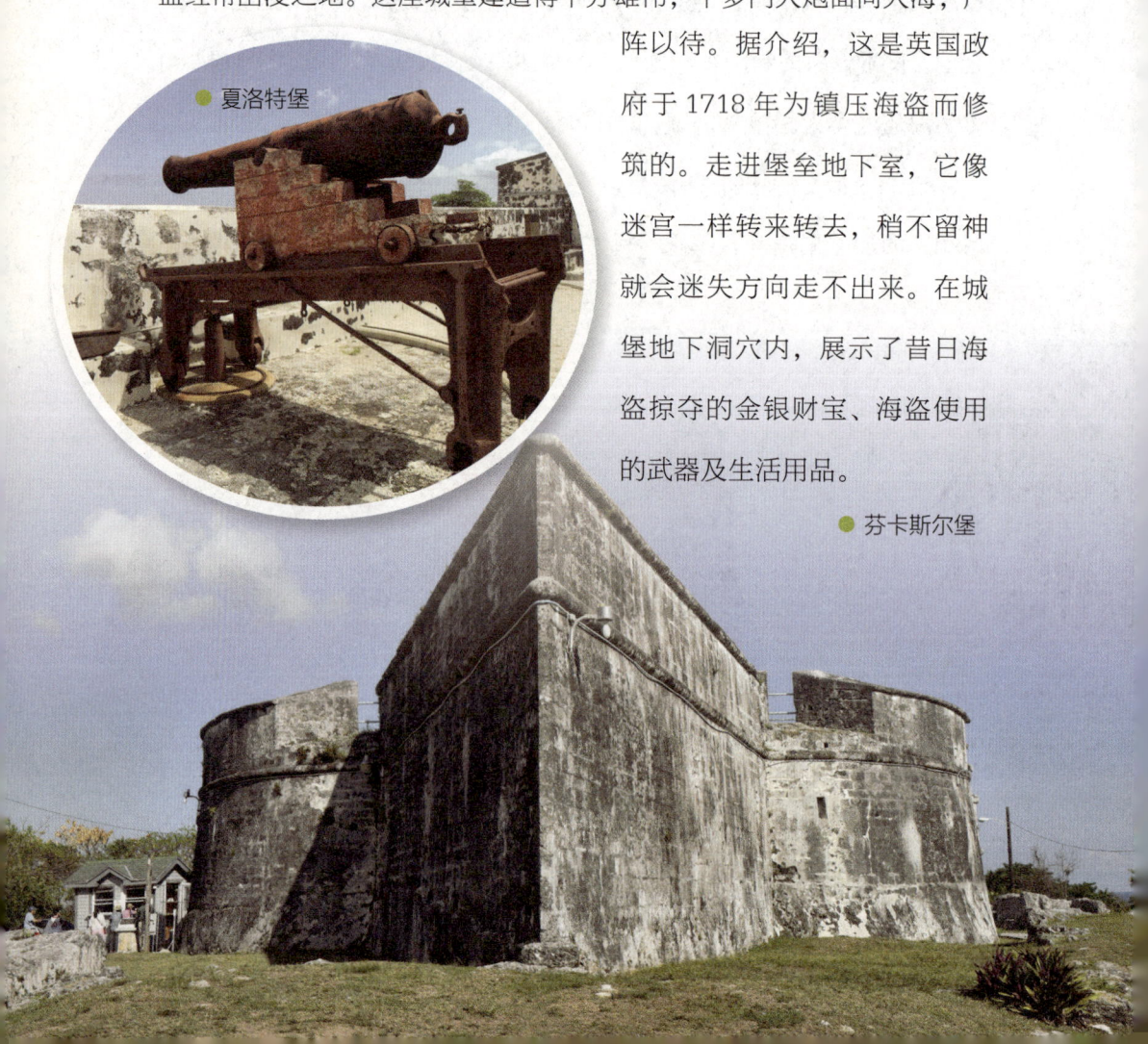

第六章 加勒比海：神秘莫测的海岛世界

在拿骚，与夏洛特堡遥遥相对的是芬卡斯尔堡。

我跟随宗巴依斯向导走进一个又深又窄的谷地，沿着66层石头台阶拾级而上。据介绍，这个多层台阶被称为"王后阶梯"。登上最后一级台阶，眼前出现了一座船形城堡，这就是有名的芬卡斯尔堡，于1793年建造，已有200多年的历史。城堡顶部摆有3门大炮，也朝向大海。城堡展室内，同样陈列着海盗的武器。

在拿骚，还有一处圆形建筑，凸显殖民特色。据向导介绍，那是过去的监狱，是关押海盗和犯人的地方。

拿骚最繁华最有魅力的街道为海湾街，这是殖民时期修筑的一条最古老的街区，两边皆是英国统治时期的浅色建筑，历史感非常强烈。街道虽然不长，却极有特色。

漫步到罗森广场，眼前豁然开朗，这是拿骚的中心，整个市区由此向四周扩散。广场上坐落着议会大楼，竖有维多利亚女王像，立有零公里石碑。这个广场是全国的政治中心，也是群众集会活动的场所。

政府大楼坐落在一个高坡上，是一幢白色和粉色相间的建筑。这座楼建于1803年，融合了英国和巴哈马风情，很有特色，尤其是通向大楼的百米长阶梯，更加显示出建筑的气魄和神采。石阶中间竖立着仰天长望的哥伦布雕像，与殖民色彩的建筑浑然一体，这里应该是拿骚的地标。

拿骚最迷人的地方是北部的天堂岛。当驱车通过新修的天堂岛大桥来到此地时，便被这里迷人的风光所吸引。白色的海滩，绿意盎然的高尔夫球场，惬意的度假村等等，这里是享受生活的绝佳之地。

在拿骚，还去了乔治王子码头、英殖民希尔顿大楼、基督教大教堂、国家图书馆、斯特罗市场等地。

拿骚，不到一天就走完了！巴哈马的首都实在太小了。但，拿骚小得秀气，小得迷人，尤其是充溢着十足殖民色彩的建筑及天堂岛的风光，令人流连忘返……

走完巴哈马主岛上的拿骚城区后，我们又去了猪岛。猪岛，因散集着很多猪群而命名。猪是过去一位船员途径这里时有意放逐的。哪知，猪在这里存活下来并繁殖生长，现在成了一大景观。

巴哈马，昔日海盗的集聚之地！

拿骚城，今天旅游的人间天堂！

天堂岛上的特色建筑

第六章 加勒比海：神秘莫测的海岛世界

海地的古堡群

海地是世界上最贫穷的国家之一，但它却拥有一处被联合国教科文组织列为世界文化遗产的地方——海地角国家历史公园。公园里有很多古建筑群，这在加勒比海地区是少见的，吸引着众多外国游客前去参观。

首都太子港距海地角130公里山路，大约需要4个多小时车程。在向导何女士的引领下，我们下午3点钟从太子港出发前往。

汽车在崎岖的山路上行驶，上下颠簸，左摇右晃。没有预料到，去往海地角的路况如此之不好。

翻过一座座高山，涉过一条条河流，穿过一道道沟壑，当路过一座城市后，我们在一个叫诺瓦耶的村落停下来。这里是一处度假胜地，有沙滩、湖水、椰林，还有高楼酒店，一些游客正在休闲娱乐。林间湖岸，当地人在兜售手工艺品，令人注目的是，艺术家们将破旧的金属皮加工成为艺术品，向来客展示销售。

● 海地角城堡巍然屹立　　● 飞抵海地首都太子港

我在这里稍事休息后继续前行。又经过一处处农贸市场、乡间村落、舞台庙会，看到海地乡下的风土人情和生活状况，体味一个不加修饰的海地，一个真实的海地。当时针指向傍晚7点多钟时，夜幕降临，大地一片黑暗，村舍中一点灯光都没有。海地90%的地区没有电，除城市外哪里有电灯呢？只见马路上都是摸黑行

第六章 加勒比海：神秘莫测的海岛世界

走的人们，连手电都没有，只在农舍里偶尔有油灯闪烁。

汽车在暗夜里艰难地走了好长一段石子路，晚上8点半才到达海地角，全程花去5个多小时。海地角被淹没在夜空中，冷冷清清，这里没有几条街道，两旁多是法国殖民时期的建筑，古色古香。

海地角是海地的第二大城市，为北部省首府，位于北格朗德河河口，有10万人口。海地角1670年由法国人始建，原名"法兰西角"，有"安地列斯群岛巴黎"之誉。海地角最著名的，是它郊外起伏连绵山脉中的名胜古迹——城堡、无忧宫和堡垒诸多建筑群，现已开辟成国家历史公园，这也是海地整个国家最大的亮点。

海地角的一夜是难忘的，听着海涛声，伴着汽笛鸣，入眠了……

凌晨4点，我们出发了！去往城堡，去往无忧宫……

沿途，茅草农舍，篱笆宅墙，模模糊糊出现在黎明前的曙光中；远山、丘陵、树木像木刻一样悬在天体上，大地还沉浸在夜幕中。

经过一个多小时的车程，我们来到一处山脚下。晨光里，我看到一个木牌竖在那里，上面写有一串英文字母，翻译成中文为："海地国家历史公园城堡及桑斯苏西宫和拉米尔斯堡垒。1982年列为世界文化遗产"。抬头仰望见到山顶上的城堡巍然屹立，好像在向我招手：上来吧！

攀岩到山巅之上的城堡，谈何容易？

正当纠结之时，忽然十多匹马围了上来，那是当地农民专门准备载客人上山的交通工具。但见一匹匹马儿腰肥体壮，生龙活虎，嘶叫着靠向你的身边。何女士走过来介绍："这是规矩，上城堡必须骑马，这样安全可靠，还能增加当地农民一份收入。"我交给牵马人30美金，

去 | 北 | 美　Go to North America

紧握马绳，登山了！

牵马人是当地一位土生土长的农民，名叫特瓦德利，他对于坐落在家门口的城堡等古迹了如直掌，还非常健谈，一边走一边向我介绍景区古建筑的历史由来。

他说，这座城堡是一位黑人领袖兴建的，名叫亨利·克里斯托夫。1794年亨利等黑人团结起来，组织了一次黑人暴动，目的是推翻殖民者，但是最终失败了。1802年亨利等黑人再次起义想推翻法国人在当地的统治地位，而这次暴动取得决定性胜利。1811年，亨利成为国王，统治海地北部的海地角。亨利称王之后，为了攻固政权，以防外来侵略，尤其是害怕法国人重新返回灭掉黑人王国，于是决定建造一座宏大的城堡。亨利专门外请了一位工程师设计，动工后调来了成千上万的民工日夜奋战，抢运石料，搬运砖瓦，付出巨大的牺牲和代价，最后才完成了这一浩大的山巅城堡。这座古城堡是自由的象征，因为它是最先由获得自由的黑人奴隶自己建造的。

经过40多分钟的骑马攀登，终于到达山顶，一座规模宏大的古城堡展现在眼前：那凌空的石墙，拔地的角楼，坚实的城门，威严的炮台，在初升太阳的照射

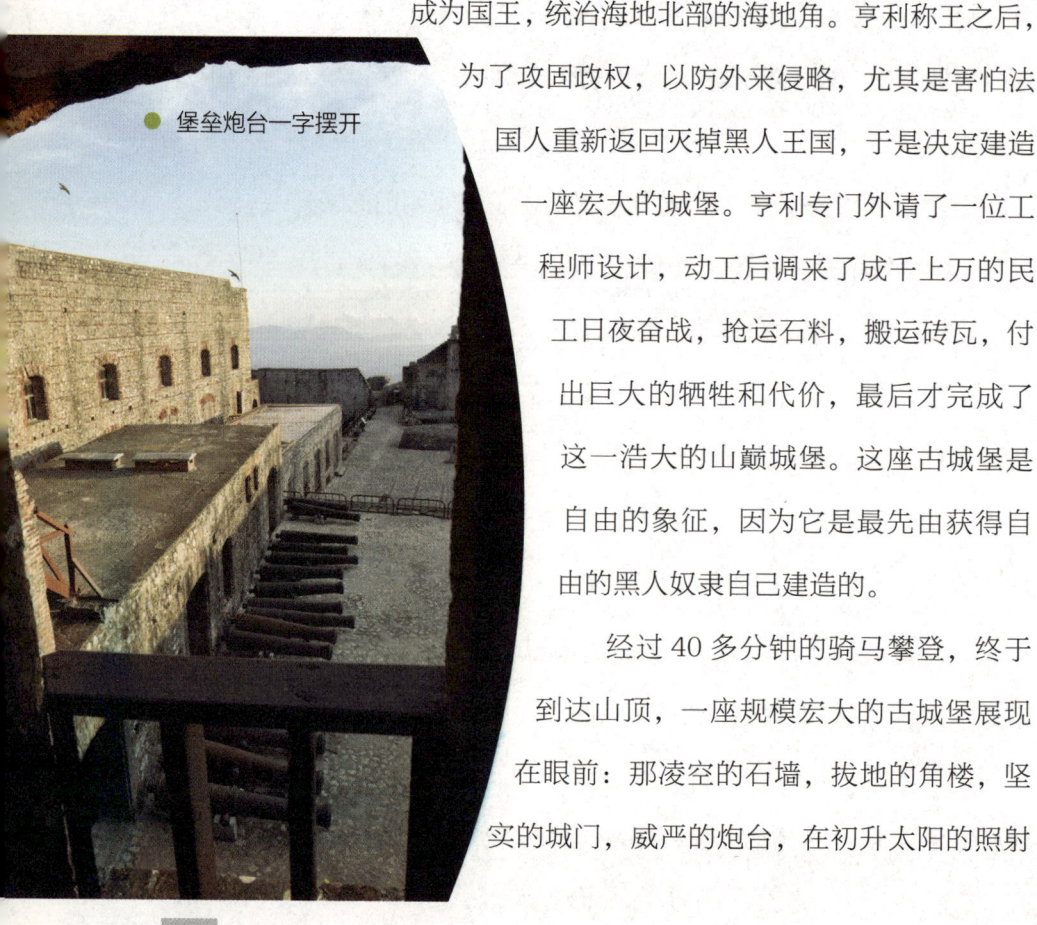

● 堡垒炮台一字摆开

下，更加折射出它的雄伟和庄丽。太震撼了！不失为加勒比海地区乃至美洲不可多得的古建筑，令人赞叹、叫好、称道！这是黑人的骄傲！因为它是第一座出自黑人之手的城堡建筑！

在当地工作人员的引领下，我们沿城门而进，参观吊楼、地道、炮群、弹药库、指挥台等，并围绕城堡石墙巡环一周，俯瞰远山、海湾、森林、大洋，越加感到这个坐落于三面悬崖一面山坳上的城堡太险要了，确有"一夫当关，万夫莫开"的感觉。

在立有"世界文化遗产"标识的旁边，讲解员述说了城堡的情况。他说："城堡占地一万平方米，城墙因山顶地势而建为不规则的四边形，厚度达3.5米，4个巨大的塔楼高度达40多米。堡内有中心广场、庭院、宫殿、营房、小礼拜堂、皇室等，其中营房可容纳5000人。城堡每层都设有火炮群，一字排开，多达20门。1818年，城堡弹药库遭到过一次爆炸，1842年遇到过一次大地震，因此被毁，屋顶和宫殿毁坏比较严重，只有163门大炮和上万枚炮弹保存完好。"

下山的路上，更感慨这座古城堡存在的价值和它留给后人的思考……

走下城堡，告别牵马人，来到城堡下的米洛特村旁。这里呈现的是亨利王宫的庞大遗址，只见宽广平台上那高高的墙体，刺入云霄的房架，失去顶篷的空楼，一片残垣断壁，令人伤感。这就是亨利的王宫，名为桑斯苏西宫，又名无忧宫或莫愁宫。不远处是拉米尔斯堡垒，散落着遍地的根基轮廓，掩埋着半截的墙体，给人以神幻、奇妙之感！无忧宫也是亨利所建，工程浩大，精美秀丽，被誉为"加勒比海地区的凡尔赛宫"。为什么叫无忧宫？据当地人介绍："亨利称王之后，满足于花天酒地的生活，不再忧愁过去的苦难生活，滋长了安逸享受思想。亨利本人没有什么文化，他的17万居民绝大多数也都是文盲，所以眼光短浅。"

走在无忧宫，面对这座亨利国王创建的美洲最精美的国王官邸，神秘感渐次袭来。无忧宫共4层，桃红色砖墙，红瓦屋顶，整个建筑气势宏伟，矗立在土丘之上。宫中有喷泉、花园、庭院，有双层大理石扶梯、高高的尖顶窗户、精雕细刻的花纹、打磨光滑的木刻，还有亨利乘坐的马车，上面刻有太阳图案，据说是象征"太阳王"。讲解员说："亨利国王是亲民的，常常在这里接见来自乡下的村民，让他们申诉冤屈，解决百姓之间的恩恩怨怨。"

亨利一世就是在这座玫瑰色皇宫中无忧无虑度日的，天长日久，意志消退。1820年8月，突然一次中风使得他卧床不起，再也无力控制这个王国。与此同时，随着外来势力的入侵和内部的瓦解，群臣也准

● 残垣断壁的皇宫

第六章 加勒比海：神秘莫测的海岛世界

备抛弃这位瘫痪的国王，亨利一世感到末日已到，便用一根绳子结束了自己的生命。

我特意来到无忧宫亨利身亡之地，看到房屋已经破败，但仍显露出当年的豪华。讲解员随即讲述了亨利的身世。亨利这位黑人领袖的一生，是对当地极具贡献和有价值的一生。他于1767年出生于格林纳达一个黑人家庭，幼年在榨糖厂工作，后来做砖瓦工，12岁时逃跑后被一条奴隶船上的法国人抓住带往圣多明各，在那里被贬卖给了德斯坦舰队的海军军官。亨利在这名军官周围接触了大量自由战士，其中有很多黑人，他从中得到启发：作为黑人奴隶，今后一定要有所作为，改变现实！他怀揣抱负，坚定志向，最后实现了自己的愿望。

离开无忧宫，在返回海地角的路上，脑海里一直在翻卷着亨利这位黑人领袖，心中一直在回味着城堡、无忧宫和拉米尔斯堡垒。海地虽然是世界上最贫穷、最不发达的国家，但是历史上它也曾经有过辉煌，城堡及附属建筑群就是很好的见证！1982年，当被联合国教科文组织评为世界文化遗产时，评委评价它是"海地人的自由象征"！

历史遗迹众多的多米尼加

时间：凌晨 6 点 45 分。

地点：多米尼加机场通向首都的美洲大道。

汽车在 6 车道的美洲大道上飞驰。左边是茫茫的蓝色加勒比海，右侧是郁郁葱葱的原野。窗外参天高大的棕榈树，伴随着车速的加快，一一快速退至身后。

这就是多米尼加。从宽敞的马路，疾飞的车速，可见这个岛国的大气和实力，乃加勒比的泱泱大国。接机者介绍："的确，多米尼加共和国是加勒比地区的一个大国，它占据了仅次于古巴的第二大岛伊斯帕尼奥拉岛三分之二的面积（其余三分之一是海地），4.8 万平方公里，976 万人口。它在加勒比海地区拥有第一高峰、第一大湖、第一大城、第一大教堂、第一所大学、第一家医院。因为是第一个被欧洲殖民的国家，所以在加勒比它也拥有最多的历史遗迹。首都圣多明各古城，被联合国教科文组织列为"世界文化遗产"。

第六章 加勒比海：神秘莫测的海岛世界

拥有这么多第一，看来多米尼加在加勒比应该算得上首屈一指，这与它厚重的历史背景有关。据向导讲述，1492年12月5日哥伦布第一次登岸就发现这里是一个好地方，因为登陆这一天是星期天，便命名这个地方为"多米尼加"，西班牙语意为"星期天"，并认定这里是建立殖民地最理想之地。后来选择圣多明各建城，以此为起点向加勒比海四周扩充，试图称雄新大陆。但由于这里的海盗实在太多，要想称霸新大陆，是艰难而困苦的，没那么容易。这位发现新大陆的西班牙人一直对此耿耿于怀，直到1506年去世。

哥伦布何许人也？1451年，哥伦布出生于意大利，自幼喜欢《马可·波罗游记》，幻想远游。1492年，哥伦布带着87名水手驾船离开西班牙，开始沿着大西洋远航，实现横渡大西洋的壮举。此前世界上没有人横穿过，因为当时的人们还认为地球是平的，是个大盘子形状。他们在大海中行进了两个多月，1492年10月11日到达巴哈马群岛，但他们并不知道这是美洲，认为这里是亚洲。1493年3月返回西班牙。1493年9月25日哥伦布第二次航行，首先登陆多米尼加，接着登上安提瓜岛、维尔京群岛、波多黎各等岛，后于1496年6月11日

● 哥伦布灯塔横卧海岸边

返回西班牙。第三次是1498年5月30日出发到达南美洲北部的特立尼达岛以及委内瑞拉的帕里亚湾，这是欧洲人首次发现南美洲，1500年返回西班牙。第四次航行出发是1502年5月11日，他到达伊斯帕尼奥拉岛后穿过古巴和牙买加驶向加勒比海西部，又折向东沿洪都拉斯、尼加拉瓜、哥斯达黎加和巴拿马，并于1503年6月在牙买加登陆。1504年11月返回西班牙。1506年5月20日于西班牙去世。

汽车在加勒比海沿岸继续行驶，哥伦布的故事还在讲述……

突然，向导叫停司机！汽车戛然而止！

走下汽车才发现，马路左侧立有哥伦布雕像，右方建有哥伦布纪念灯塔，这是加勒比海地区最高、最大的灯塔，被称为"加勒比第一灯塔"。在哥伦布灯塔前，向导介绍说："这是1992年为纪念哥伦布到达新大陆500周年而建造的哥伦布纪念灯塔，塔的规模不仅在加勒比，甚至整个美洲都是无与伦比的。塔的价值不在于它的高大，而是安放于此的哥伦布的遗骸。哥伦布的遗骸原来放置在圣多明各美洲大主教大教堂，多米尼加包括圣多明各最大的亮点或者值得骄傲的是哥伦布的存在。哥伦布生前曾留下遗嘱，去世后将遗骸安放在他心爱的多米尼加，故而移放到此处。"

仰望这座灯塔，凝视哥伦布雕像，这是一位500多年前显赫一时的历史人物！

汽车又开上马路。经过半个多小时的车程，进入圣多明各市区。这座拥有270万人口的首都楼房林立，繁花似锦，热闹非凡。那耸入云天的"巨人之雕"站立海边向人招手，那彩色的"华盛顿纪念柱"高

第六章 加勒比海：神秘莫测的海岛世界

高屹立在防洪堤上，那一道道厚实的古城墙雄踞在奥萨马河岸，那贴有玫瑰色大理石具有新古典主义风格的总统府拔地而起。圣多明各，既现代，又古老。

进入市区，一头扎入古城区，发现纵横的窄小街巷，满是旧殖民建筑、遗址和遗迹，而那倒塌的古老的美洲第一家医院、残缺不齐的圣母玛利亚小礼拜堂、残垣断壁的老宅院、塌陷的古城墙等，让你深深感觉到旧城厚重的历史，一种沧桑感油然而生。圣多明各城起建于1496年，它是南半球最古老的城市之一。

跟随向导的脚步，首先来到哥伦布广场，这是旧城区的标志性广场，中央竖立着哥伦布手指新大陆的雕像，为法国雕塑师的杰作。雕像后坐落着美洲大主教大教堂，又名圣母玛利亚大教堂，始建于1510年，这是在新大陆上诞生的第一座大教堂，也是加勒比海地区最古老的教堂，其高高的穹顶全部用白色珊瑚石建造，教堂北门为双拱道，浮

● 西班牙广场

● 哥伦布广场

雕精细。在中间祭坛旁，建有 14 个小礼拜堂。哥伦布的遗体在转移到哥伦布纪念灯塔前就安放在这里。广场的东侧是博尔吉拉宫，上下两层均有雅致的柱廊，于 19 世纪中叶海地占领时期建造，曾作为国会办公地，现在是行政办公楼和邮局。哥伦布广场是人们休闲娱乐之地，广场上坐满了休闲的人群。

从哥伦布广场向东走不到百米便是奥萨马要塞，建于 1505 年，修筑在奥萨马河的入海口，它是防备海盗的一个制高点，有 18.5 米高，是当时的最高建筑。要塞的精忠塔建造得宏伟坚固，仅外墙就达 2 米之厚。登到塔顶，奥萨马河、旧城区尽收眼底。漫步在要塞，可见一身披大衣的墨绿色人物雕像，他名为奥维埃多，在 1533 年至 1557 年担任这座城垒的总督。他是一个传奇式人物，曾做过国王的秘书，收集了大量印第安人的历史，并记录下来。要塞的大门白里透红，古朴庄重，西班牙风格十足。

顺着一条名为贵妇街的石路继续向北走，呈现在眼前的是国家先贤祠，又称万神庙，看上去庄严凝重。这座建筑先后做过修道院、烟叶仓库和剧院，1955 年改造为先贤祠。这里长眠着多米尼加历代总督及民族英雄。大厅里点燃着不熄的烛火，有多名卫兵把守，每隔两小时一换岗。

在贵妇街的最北面，气势恢宏的王宫迎接人们的到来。王宫建于 1492 年，曾是历代总督的官邸。目前陈列着国家各个历史时期的珍贵文物，其中有哥伦布的亲笔信和贵重资料及物品，有哥伦布初建圣多明各的手稿，有西班牙著名画家鲁丽的画，有 18 世纪药房的器械，有 1552 年雕刻的象牙等。让人不解的是，还有日本的大刀。

第六章 加勒比海：神秘莫测的海岛世界

王宫的对面，展示给人们的是一座日晷，足有10米多高，这是1753年的产物。圆盘的太阳指针，与手表上的时间相差无几，它是加勒比海地区最古老的日晷，陪伴着多米尼加人一路走来，成为古城的一大景观。

继续北行，到达西班牙广场，它比哥伦布广场大得多。虽然叫西班牙广场，但这里的哥伦布元素仍然不减。巍巍的哥伦布宫就坐落在广场中。哥伦布宫又称哥伦布城堡，它是由哥伦布的儿子迭戈建造的。当时迭戈作为西班牙的总督来到此地后，建造了这一私人官邸。

● 美洲大主教大教堂正面大门

● 国家先贤祠

他也是第一位总督。据介绍，整个建筑采用了文艺复兴时期的风格，优雅的拱廊，哥特式的外表，里面有礼拜堂、音乐厅等22间房屋，门厅里的天花板雕刻着42个动物头形用来避邪，厅堂中摆设的家具和艺术品都是16世纪的产物，展现了殖民时期的穷奢极侈和高昂华贵，再现

249

了欧洲人的奢靡之风。哥伦布宫的前边，竖有尼古拉斯·德奥万多的雕像，他为古城的建设付出了很多心血。

在哥伦布宫的西北方向不远处，是唐人街。立石为标，上面写着"唐人街"三个红字。街的两端分别立有中式牌楼，写有"天下为公"和"四海为家"硕大牌匾。信步于唐人街，皆是中国元素，"昭召出塞"、"招财进宝"、"十二属相"等雕塑直立街心。中国龙、红灯笼、福字贴比比皆是，还有中国餐厅、中国银行、中国商场、中国店铺，沿街一字排开。抬头环顾，仿佛置身北京街头……

在多米尼加期间，还走出圣多明各市区，踏访了三眼湖洞穴和普罗米尔洞穴。两处洞穴，两种风貌，截然不同。

三眼湖洞穴距市区 30 分钟车程。这是一处塌陷了的山洞，坍塌下沉形成一个巨大的圆形地窖，直径足有百米之大。坍塌地带的洞穴里

● 唐人街里的牌楼

第六章 加勒比海：神秘莫测的海岛世界

形成大小不一、形状各异的三个湖，像三只眼睛闪着亮光，为此叫"三眼湖"。我自上而下，沿着长长的石阶，一直下到约50多米深的洞底，一一寻见三个湖面。去第三个湖须乘坐木筏，经过第二个湖面才到达。站在湖边，那直垂的藤蔓，缤纷的芳草，追逐的飞鸟，身临其中，仿佛正在世外桃源。

前往普罗米尔洞穴用去一个半小时车程。洞穴位于圣克里斯托瓦尔城郊外。这是一处干枯的洞穴，实际上是个溶洞，再准确一点说其实是一个岩洞。洞穴里有很多蝙蝠，走进一百多米后，洞穴变大。此时洞穴的石壁上出现很多图画，有牛羊、飞鸟、家禽，还有各种人物栩栩如生，活灵活现。据悉，这些画共有6000多处，已有3800多年的历史。然而，到底是何人、何时、何因作画？至今仍是个谜，吸引着世界上不少科学家前来考证、研究，期冀解开这个谜团。

多米尼加，虽是大国，但并不富有。不少人偷渡前往波多黎各岛；多米尼加，并不平静，它曾同海地有过摩擦，市内建有两国停战协议签字厅。

多米尼加，深印着哥伦布的足迹……

圣多明各，世界文化遗产的瑰宝……

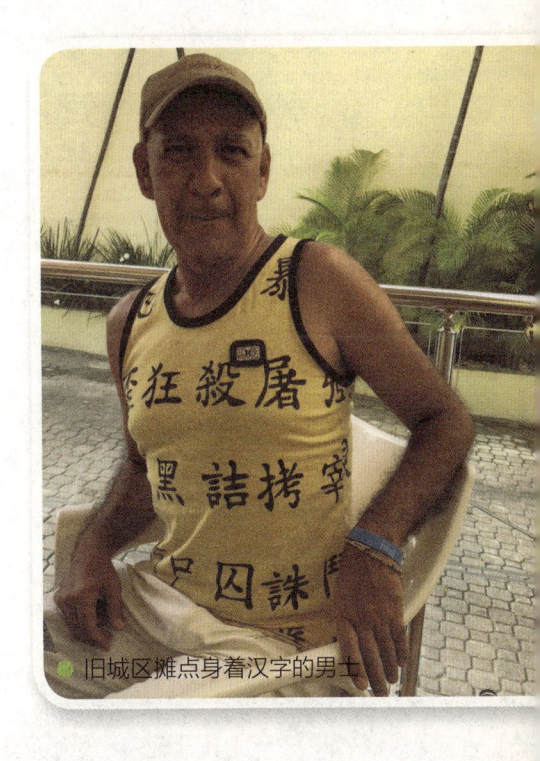

旧城区摊点身着汉字的男士

去|北|美 Go to North America

双岛之国圣基茨和尼维斯

这是一个小小的海岛！

这是一个微小而鲜为人知的国家！

圣基茨和尼维斯联邦，它是世界上十大小国之一，在世界最小国土面积排位中列第 10 位，总面积仅 267 平方公里，人口 5.3 万，为加勒比乃至全世界最小的国家之一。

国小却有大亮点。这个小小而不起眼的岛国，却有一处被联合国教科文组织列入的世界文化遗产，那就是布里姆斯通山城堡。

第六章 加勒比海：神秘莫测的海岛世界

圣基茨和尼维斯位于加勒比海背风群岛之中，被称为"双岛之国"。其中，较大的岛叫圣基茨，较小的岛为尼维斯，两个小岛组成圣基茨和尼维斯联邦，首都巴斯特尔坐落于圣基茨主岛。

圣基茨是哥伦布1493年登岛时，以自己的守护神名字即"圣基茨"命名的。之前当地印第安人称之为"利亚莫伊加"，意思是"肥沃的土地"。因为这里土地肥沃，以托马斯·华尔纳爵士为首的英国殖民者于1575年踏上这片土地后，便开始发展起种植业。1623年，英国人在圣基茨岛上建立起第一个加勒比殖民地，接着侵占尼维斯岛，随后又占领了安提瓜岛、蒙特塞拉特岛等，这些岛屿都成了英国的殖民地。有压迫就有斗争，当地印第安人忍受不了英国人的欺压和强迫，尤其是繁重的种植劳动，不断反抗和斗争。1626年，强势的英国人一夜之间杀死4000多名土著人，血流成河，染红了大片海水。事件就发生在"血腥岬"，震惊了整个加勒比地区。长期的殖民，就有长期的反抗，直到1983年，岛屿获得独立。

踏行圣基茨岛，我首先造访了首都巴斯特尔。这个仅有1.8万人口的首都实在算不上什么城市。"巴斯特尔"原是一个小村庄，当地语意为"低矮之地"，因为整个城镇坐落在山脚下的一个海湾地带，海拔几乎与海平面持平。这里的住宅大都是"裙衫楼"，即底部用石头砌制，上部由木板搭建，建筑比例为半对半。上木下石，像是妇女穿的漂亮裙衫，为此人们称之为"裙衫楼"。然而，1867年的一场大火，当初的"裙衫楼"毁于一旦，留下的寥寥无几，很难寻见。

市中心最繁华、最热闹的地带是独立广场，又称马戏团广场。十

去|北|美 | Go to North America

字路口中间是一座维多利亚时代的钟楼，呈墨绿色，四面镶有色调纯白色的时钟，顶部为金黄色的十字架，极有特色。钟楼四周有博物馆、天主教堂、老乔治楼等，都是殖民时期的建筑。站在广场放眼望去，色彩斑斓的众多大卡车、出租车、公交车、观光车都从这里出发，吆喝声、叫卖声、交织在一起。阵阵喧哗，片片繁闹，可惜却是毫无秩序。

我在广场登上一辆花花绿绿的观光车，开始了环岛行。这是一辆顶端敞开的篷式硬座大客车，坐有30多名美国和欧洲的客人，这些人都是环岛参观的。

街头宣传画

第六章　加勒比海：神秘莫测的海岛世界

观光车咣当咣当沿海岸行驶，左边是湛蓝的大西洋，右边是翠绿的圣斯茨岛。据讲解员介绍，圣斯茨岛的形状像一只蝌蚪，长37公里，宽8公里，最窄处不到一公里，面积176平方公里，全岛居民3.6万，其中首都1.8万，绝大部分是黑人。因为海岛盛产甘蔗，因此有"糖岛"之称。

车行驶在蜿蜒的路上，清新空气拂面而来，一边的沙滩平滑而细腻，大海平静而幽远。望着那山、那水、那地，芳草萋萋，鲜花朵朵，简直是世外桃源，无比惬意……

沿途，参观了印第安人的岩壁画。这是印第安人聚居地遗址附近石岩上刻画的男人和女人的图像，生动逼真，栩栩如生，展现了当地土著人的聪明和智慧。但是，壁画的产生、意图、释义，至今仍是个谜团……

黑石坡景区是火山岩的杰作。圣基茨岛是由火山喷发形成的，推向大海的火山岩铸成一道黑色的乱石滩，参差不齐，造型巧妙，神斧天工，像一幅水墨画展示给世人。据介绍，这些黑石都是从利亚莫伊山喷

去|北|美 | Go to North America

● 清新的罗姆尼庄园

发出的熔岩。

穿过纵深的热带雨林，招手满山的猴子，走过弯弯的山路，来到罗姆尼庄园。这座隐藏在密林之中、坐落于山坡之上的庄园，有着高大参天的古树，凝翠如茵的草地，古朴而又明亮的黄色殖民建筑，给人一种恬静清爽的感觉。透过山坡上古塔中的铁铸大钟，似乎听到催促奴隶们上工的声响。

在农庄甘蔗林，我走访了一位打工者。这位黑人兄弟告诉我："这个庄园起始于17世纪，历史悠久，是圣基茨岛最古老的建筑，曾经遭到大火的破坏，重修后得以恢复原貌，目前的一幢房子已改作加勒比蜡纺印花布厂生产车间，其他向游人开放。"

漫步于罗姆尼庄园，看到房前屋后挂满了织染的花布，将山梁装饰得色彩斑斓。

第六章 加勒比海：神秘莫测的海岛世界

离开罗姆尼庄园，下山后继续环岛行。当走近挑战者村南边的"血腥岬"，司机停下了车。讲解员说："这里就是英国人枪杀印第安人的地方，最后一次决战就发生在前面，4000多名手无寸铁的印第安人死于欧洲人的刀枪下，成千死者的鲜血将加勒比海染红……"听了这一席话，仿佛听到了那声嘶力竭挣扎不屈的抗争声，仿佛闻到了血腥的火药味……

又经过半个多小时的车程，来到布里姆斯通山堡，又名硫黄山要塞。还没有进堡，就望见了门前竖立的世界文化遗产标识。这处世界遗产，大大提升了这个小小岛国的知名度，吸引了很多国外专家、学者和考古工作者，促进了旅游业的发展。

汽车经过左右盘旋，一直开至山顶，一座坚实而厚重的古堡呈现在面前。让人惊艳的是世上还有如此漂亮完整的堡垒，真令人震撼！踩着通天石阶，我一步一步坚持着登到顶巅。首先看到一排排朝向大海的铁炮，阵容强大，气势逼人，好似严阵以待，做好了准备，随时应战。那坐落在堡垒中央的瞭望塔楼，旗帜飘动，好像在骄傲地招手：我们的堡垒坚不可摧！坚不可摧，这是当年英国人坚信的，并将其称作"西印度群岛中的直布罗陀"。在现场，当我采访堡垒讲解员时，她讲述了当年的情境："1782年，堡垒中的1000多名英国士兵死死坚守，8000多名法国士兵猛烈攻打，战争足足进行了一个多月的时间，昼夜不停。最终，2米多厚的城墙终于被炸开，英军不得不弃械投降。"

据介绍，布里姆斯通山堡垒占地15公顷，高出海平面240米，四周统统用黑色火山岩砌成。它是英国人1690年修建的，堡垒包括军火

去|北|美　Go to North America

库、炮官所、医院、乔治塔及王子威尔士堡等。

　　布里姆斯通山：加勒比地区最大的堡垒！17世纪堡垒的典范！

　　罗姆尼：背风群岛最古老的庄园！

　　巴斯特尔：加勒比地区最精致的彩色钟楼！

　　这，就是小小圣基茨岛上的精彩之处……

● 布里姆斯通山城堡

第六章　加勒比海：神秘莫测的海岛世界

探访安提瓜和巴布达

　　安提瓜岛是从小安的列斯群岛北部进入背风群岛的门户，它与巴布达岛组成的安提瓜和巴布达国家在背风群岛中算是一个小国，全国总面积 442 平方公里，人口 6.8 万。安提瓜岛是这个国家的主岛，面积 280 平方公里，人口 4 万，其中首都圣约翰 2.9 万人。

　　从飞机上向下俯瞰，这里没有高山丛林，是片较为平整的土地。安提瓜岛四周参差不齐的海岸线极不规则，构成上百个大大小小的扇形海湾，疑似蝙蝠，却又似像非像，让人琢磨不透，产生很多联想。1493

去│北│美 Go to North America

　　年哥伦布航海来到这里时触景感叹，想到西班牙塞维利亚大教堂中一尊神秘的圣母雕像的名字，于是将这个岛称为"安提瓜岛"，一直沿用至今。

　　安提瓜岛大体是平缓起伏的丘地，最高海拔仅 63 米。在这片古老的土地上，原先生长着茂盛的原始森林，密不透风，森林中生活着石器时代的西沃人，他们是在公元前 3000 年从南美洲迁来，靠打鱼和采摘果实维持生计。1632 年英国人进驻该岛，并从非洲贩买大批黑奴上岛，砍伐掉遍地的原始森林，建起大片大片的甘蔗种植园，与此同时又在甘蔗田里建起一座座制糖厂。从 17 世纪 50 年代到 18 世纪，甘蔗种植园规模达到顶峰，整个岛上先后建起 200 多座用来粉碎甘蔗的风车，严重破坏了生态环境。安提瓜岛，遭到灭顶之灾！而殖民者将生产的大量蔗糖运走，留下的却是灾难。直到 1981 年，安提瓜会同巴布达才作为一个国家获得独立。

　　在安提瓜岛踏访，我特意去最古老的"贝蒂的希望"甘蔗种植园了解情况。这个种植园坐落在岛的中部偏东，除了两座完整的高高的风车外，留下的是大片大片的破砖烂瓦和残垣断壁，被掩埋在荒草野地，一片狼藉。破败至此，给人一种悲凉之感！在一幢半倒塌的厂房里，我采访了留守人员。他说："这个'贝蒂的希望'甘蔗种植园始建于 1674 年,其中制糖厂直到 1924 年才关闭废弃,一共经营了 250 多年。当年这里共雇用 310 名非洲黑人,每个奴隶种植一公顷甘蔗田,劳动量很大,不少黑人奴隶承受不住而跳海自尽。慢慢地只能放弃种植,土地荒凉起来。"顺着这位留守人员的手指方向,我看到远处荒芜的野地长满金合花树,还有干枯了的茅草。原来,这些地都是昔日的甘蔗田。距风车不远处有一间简陋房屋,陈列着当年的劳动工具,有黑奴收割甘蔗的照片,还有黑人逃跑后留下的工具。

这时,留守人员指着黑人自尽的照片继续介绍说:"东边海滩印第安村岬角有个魔鬼桥,一些黑人逃到那里跳海自杀,为此才有了魔鬼桥的说法。"

来到魔鬼桥,只见这里的海水波涛汹涌,浪花飞溅,一座石桥突兀地跨在海边,桥两边冒着海水,底部却显塌陷,看上去摇摇欲坠,极其危险!让人望而生畏,不敢贸然上前。其实,这座破败的岩石桥并非人工所为,是大西洋的波浪冲击而形成的天然石灰石拱桥,海浪不断从桥孔中穿过,溅出阵阵飞浪和喷泉。当年,黑人不满殖民统治,不忍奴役,生无所望,便逃到桥上跳水自尽。

去|北|美 | Go to North America

● 魔鬼桥

第六章 加勒比海：神秘莫测的海岛世界

安提瓜岛并不很大，不到一天的时间就踏访完了。期间，去了首都圣约翰，它的标志性建筑是建于1683年的圣约翰大教堂，教堂南门口立有"神者圣约翰"和"施洗者圣约翰"两尊雕像。教堂的后身是1750年建造的法院楼，为新古典主义风格的古板守旧的建筑样式，现已改作国家博物馆。市区西北岬角为詹姆斯堡，由詹姆斯二世于1706年修建。

在安提瓜岛的最南郊，我登上了雪莱山顶，参观了1781年英军建造的雪莱要塞遗址、雪莱高地瞭望塔以及雪莱守望楼等。

去|北|美 | Go to North America

中国与安国建立了友好关系，中国在此援建了国际机场，修建了体育场等。

安提瓜，透过古老的建筑群，看到了它沧桑的历史。那大片荒芜的甘蔗田，诉说着凄凉的过往，怀恋着曾经的传奇人物。

● 安提瓜岛的地标圣约翰大教堂

第六章 加勒比海：神秘莫测的海岛世界

多米尼克岛上的沸腾湖

多米尼克是个小岛国，然而它却拥有一处世界自然遗产——三峰山国家公园。多米尼克是一个神秘之岛，这里拥有一处未经破坏的原始热带雨林，有上千种名贵花卉、300多处瀑布、星罗棋布的火山喷气孔和温泉，还有一个世界现存唯一活动的沸腾湖。这个岛被谢尔曼旅游网站列入"世界前10位生态旅游热点之地"，并被誉为"巨大的植物实验室"，还被一家知名旅游杂志评为"世界最值得去的25个旅游目的地之一"。

晚上到达多米尼克，在一家中餐馆就餐后已是夜里10点多。饭间，

● 俯瞰城貌

餐馆老板介绍了这里的情况。

多米尼克岛在古代加勒比人时期被称为"瓦图库布里",意为修长的身材。1493年哥伦布来到这里。哥伦布登岛后被这里奇异的风光所迷恋,他在航海日记中写道:"山峦之美太惊人了,若非亲眼所见,让人很难相信。"因为风光之美,环境之好,多米尼克在18世纪50年代被法国殖民者首先占领,1763年被英国控制,直到1978年才宣布独立。

多米尼克处在向风群岛最北端,长47公里,宽26公里,面积751平方公里,人口7.5万,92%是黑人。这是一个火山岛,为向风群岛中面积最大的火山岛,其迪亚布洛延火山高1447米,是向风群岛中的最高点。

我的驻地在一个海湾,对面即是总统府和议会大厦及古教堂。清晨,我在驻地周围采风,将主要建筑一一拍照,留影纪念。

首都罗索坐落在罗索河的出口,是加勒比海地区唯一有河流穿过的首都,面积5.4平方公里,人口2万。岛上最早在此定居的外国人是法国移民,1632年当他们来到这个河口时,见到很多芦苇,便以法语"罗索"命名,意为"芦苇"。之后英国人也来到这里定居,自此两国开始争夺主权,而且非常激烈,法国人一气之下于1805年将罗索焚毁。1979年又遭受飓风袭击,几乎夷为平地,可以说,罗索历经磨难。

走在城区,可见被损坏的建筑凄凉地散落着,伤痕累累,枯黄的小草在墙缝中挣扎生长。城区最繁华之地为乔治大道,沿街有大市场、小商店、咖啡厅、餐馆等,街头有演艺的、说唱的、表演的,热闹非凡。在通向海滨港口的路上,车水马龙。时下,恰遇大型邮轮靠岸,涌向城

第六章 加勒比海：神秘莫测的海岛世界

区的人流像潮水一般。

在罗索，我踏访了奴隶解放纪念碑、土特产品市场、海边古堡、圣公会教堂、道比尼广场和国家博物馆。

博物馆里的英国女作家琼·里斯的物品备受吸引。里斯1894年出生于罗索，母亲是一个庄园主。16岁时她去了英国，嫁给一位诗人。里斯酷爱文学，勤于写作，她将自己的生活经历写成书，出版了第一本小说《左岸》。之后，她又回到罗索，写了《辽阔的藻海》，在这部小说中，

● 多米尼克首都罗索主街仍保留着被烧毁的建筑

她对《简·爱》中的科斯韦这个人物进行重新塑造和升华。

罗索周边有好几处值得一去的景点。从城区朝南顺环岛公路行车半个小时，来到一处温泉海滩。那沙滩上有数不清的温泉眼，喷吐出的水温度很高，再试试海水，也是温热的。政府在这里开辟了一个旅游景点，让来客下海享受温水浴。海岸边有一个渔村，旁边是个古老的教堂。

去|北|美 | Go to North America

● 温泉海滩

　　沿环岛公路继续朝南走，到达多米尼克岛的最南端时，出现一个探进大海里的窄小半岛。半岛是一个黄色土丘，寸草不生，上面建有一些警卫队设施，有两个穿警服的人把守，拒绝参观。但这里的风景非常漂亮：大海、渔村、青山，加之美丽的海湾和碧蓝的天空，像一幅油彩画卷呈于眼前。

　　首都罗索的夜是难忘的。窗外，阵阵花香，伴随着轻轻的海浪……

　　次日清晨，要爬山了，要去三峰山国家公园中的沸腾湖畅游，它是世界上独一无二、难得一见的沸腾湖。三峰山也因此被列为世界遗产。

　　去沸腾湖要付出辛劳，需徒步来回至少8个小时，同时要雇佣当地人带路。

　　出发了！时间是清晨8点整。我是从特拉法尔村起程的，这里有一处瀑布顺路可看。特拉法尔瀑布处在罗索郊外8公里处，这对双瀑

| 第六章 加勒比海：神秘莫测的海岛世界

布高 60 米，左右两边的水一温一凉，当地人分别称为"父亲泉"和"母亲泉"，很是奇妙。

没有公路，皆是山间小道。我被淹没在茫茫的热带雨林中。途中，不见一个人影，看不到一个村落，瞧不见一间农舍。据向导小斯斯介绍："三岭山国家公园占地 6880 公顷，它不只有一个沸腾湖，里面还有火山爆发遗址、山顶湖、火山喷气孔、硫黄温泉、间歇喷泉、博达湖、米德尔汉姆瀑布、斯丁金荷尔蝙蝠洞、翡翠塘等，统统处在热带雨林中。而奇花异草、丛林高树吸引了很多动物和鸟类。其中仅蛇就有 10 种之多，特别是蟒蛇，大得惊人。"说完，他折了一根木棍交给我，意思是边走边"打草惊蛇"。不知也罢，这么一说我反而有些害怕起来。

大约走了一个多小时，路过一个小型沸腾湖，直径大约有 30 多米，里面的泥浆翻滚着，像开了锅一样冒着热气。小斯斯说，像这样的小沸腾湖这里有很多，因为三峰山本身就是一个活火山，所以形成了很多温泉湖、热气孔和硫黄洞。

树越来越密，地越来越湿，天越来越暗。我更加害怕起来，生怕有动物袭击，或碰到蛇之类的爬行动物。这时小斯斯说："不用怕，这里的蛇大都是无毒蛇，至于蟒，非常隐蔽，不容易被发现。"但我心中还是忐忑：话虽这么说，担心还是少不了的！

两个小时过去了。眼前突然出现一条山谷，狭小而细窄。小斯斯说，这叫荒凉谷。顾名思义，这里绝无人烟，荒芜凄凉。眼前没了路，脚下全是石头块，溪水又黄又臭，一股股硫黄味，令人难以呼吸。顿时，天地变换成另一个世界，一棵树一棵草也没有了，荒凉至极，山穷水

去|北|美 Go to North America

途中遇见的小沸腾湖

尽而疑无路。如若身体不好，或因硫黄而熏晕。此时，小斯斯一把扶我前行，生怕我被这刺鼻的异味熏倒。实际上，我确在咬牙坚持着行走，不是因为路，而是这味道。

柳暗花明。大约走出半个多小时，又见绿树花草。总算过了荒凉谷。这时，小斯斯对我说"可以向荒凉谷说一声再见了"。我想：再什么见啊，回来还要走啊！

几经攀爬，终于在下午一点多钟到达海拔700米的山顶。沸腾湖，像一口大锅似的火山口展现在面前。只见热雾袅袅，水汽蒸腾，湖水沸滚，煞是壮观！这就是闻名于世的三峰山沸腾湖，这就是世界现存的独一无二的活动的沸腾湖！有生之年终于亲眼目睹了这一神奇的

第六章 加勒比海：神秘莫测的海岛世界

自然景观！

沸腾湖，以及三峰山周围50个冒着泥浆的喷气孔、3个淡水湖及荒凉谷，一起被联合国教科文组织列为世界自然遗产，此行不虚！

由于这里地质景观十分特别，电影《加勒比海盗》在此取了很多的场景。

下山的路上，在小斯斯带领下，绕道去了博里湖和一个淡水湖，最后赶到劳达特村。

日落西山，天色已晚。回到罗索驻地已是繁星点点，万家灯火。

多米尼克小岛，令人流连忘返……

三峰山沸腾湖，让人终生难忘……

● 远眺火山

圣文森特和格林纳丁斯

这是一个带有"野性"的岛国。

这是一个欧洲人"惧怕"的国度。

这就是圣文森特和格林纳丁斯,一个加勒比海中很小的国家。主岛圣文森特长29公里,宽18公里,是向风群岛中最小的一个岛屿。这里满是陡峭和崎岖的山地,丛林密布、沟壑纵横、荆棘满坡,是一个非常隐蔽的地方,因而也成了海盗、罪犯和土匪活动猖獗之地。

初登圣文森特岛,看着山崖上密密麻麻的原始森林和一个个黑色的洞穴,确有望而生畏之感,听向导范先生介绍后才放松了压力。

范先生说:"这都是过去的事了,历史上这里确实很野性,这与人种和环境是分不开的。这个岛上的原住民为西沃人和阿拉瓦克人,他们世世代代生活在难于跨越的丛林中,不允许外来人侵占他们的地盘。当法国等欧洲人来到后,他们有的被烧死,有的被扔进大海,还有的被扔进粉碎机里绞烂,为对抗外来势力,这里曾出现过多次暴动,使得欧

第六章 加勒比海：神秘莫测的海岛世界

洲人极为头疼。1783年，英国人占领后，当地人极力反抗，绝不屈从。1795年，当地土著人针对英国人爆发了大规模起义，烧毁英国人庄园，袭击兵营，处决殖民官吏，决心收复失地。次年，英国调来了大批军队镇压了起义，控制了局面。之后，英国将大部分岛民流放到中美洲洪都拉斯湾的罗阿坦岛。与此同时，又从非洲贩来大批黑奴发展种植业。1958年，英国把圣文森特和格林纳丁斯岛纳入西印度联邦。1979年这里脱离英国统治，获得独立。

首都金斯顿位于主岛圣文森特，仅有2.5万人，占全国总人口的四分之一，坐落在金斯顿湾1.5公里长的弧形海岸上，海拔只有7米，是向风群岛中海拔最低的首都。城区三面临海，一面为陡峭的山峰。这是一座非常漂亮而又幽静的城市。信步在哈利法克斯街和希利布罗街，看到还存留着殖民时期建筑，尤其是鹅卵石小路，让人感受着它的沧桑，也映照着它的历史。在城中，我们参观了议会大厦、战争纪念碑、码头

● 亮丽的主街道

去|北|美 | Go to North America

● 殖民地时期建筑

港口、法院、土特产品市场。

金斯顿最大的亮点是圣玛丽罗马天主教堂，它是加勒比海乃至中美洲地区最富有特色的一座古建筑。来到教堂前，看到它的建筑艺术和设计风格确实独树一帜，尤其是塔楼、钟楼和尖顶，别具一格，还有那扭曲了的大麦和甘蔗，让人产生很多的想象。

夏洛特堡是金斯顿一大景观，屹立在城西的伯克郡山顶，建于1806年。"夏洛特"是英王乔治三世妻子的名字，将城堡冠以英王妻子的名字可见它的重要性。城堡外墙全由石头砌成，高达180多米，

第六章　加勒比海：神秘莫测的海岛世界

当登上堡顶俯瞰整个海湾，一派绝美风光。城堡上多门大炮一字排开，威风凛凛。石墙上画着威廉·林西·普莱斯戈特创作的历史名画《圣文森特与加勒比战争》，重现历史上在此地发生的那场战争……

圣文森特和格林纳丁斯还是个火山岛国。主岛圣文森特北部的火山海拔1234米，是加勒比海地区最活跃的火山之一，地表频繁发生喷吐。而火山喷出的火山灰，让土地更加肥沃，促进了植物的生长。

次日，在范先生带领下，我们去踏访格林纳丁斯群岛。因为这个国家是圣文森特主岛和格林纳丁斯群岛组成的。格林纳丁斯群岛位于格林纳达岛和圣文森特岛之间，由600多个小岛组成。这组小小的群岛像一条绿翡翠一样撒在56公里长的大海上。其中较大的岛有5个，由北向南分别为贝基亚岛、马斯蒂克岛、卡奴安岛、迈罗岛和尤宁岛。最大的岛为贝基亚岛，面积为15平方公里，有上百户居民。各岛均建有小型飞机场和港口，无论乘飞机还是乘轮船，交通都比较方便。

圣文森特和格林纳丁斯，这个由主岛和众多小小群岛组成的国家，最大限度保持了当地的原始状态，让来访者回归自然……

去|北|美 Go to North America

火山之国圣卢西亚

圣卢西亚像一只鸭梨躺在向风群岛中部,北边是马提尼克岛,南面是圣文森特岛。这是一个火山岛,长43公里,宽23公里。这个面积只有616平方公里的小小岛国有一处2004年被联合国教科文组织列为世界自然遗产——皮通山保护区。

圣卢西亚的看点大都在海岛的西海岸,驱车一天的时间即可赏尽。我住在岛最北端的格罗斯埃立特镇,清晨,我沿环岛公路西岸南下,10分钟车程便来到首都卡斯特里。这是一个很小的城镇,始建于18

● 山顶上俯瞰海湾中的全城风貌

| 第六章　加勒比海：神秘莫测的海岛世界

世纪 60 年代初，当时法国海军部长马雷歇尔·德·卡斯特里的船停靠在港湾，看到这里依山傍水，风光秀丽，便开始在此建城，并用自己的名字命名这座城市。目前这个城镇已发展到 5 万人，占全国人口的三分之一。城镇只有拉博里街一条主要马路，国会和法院都坐落在这条街道上。街头有一个小广场，无警察，无红绿灯，车辆和行人虽不太多，但也显得有些混乱。广场一侧是一排红色建筑，那是农贸市场。

走到圣母纯洁大教堂，喧闹的古镇一下子沉静下来，居民们顺次走进教堂去祈祷。教堂旁边是一片很大的绿地，名为德里克·沃尔科特广场。旁边有一棵上千年的萨曼树，当地居民视其为神树，上面系着很多红色的布条。广场中心立有德里克·沃尔科特的塑像，他是一位诗人兼剧作家，1992 年获诺贝尔文学奖。这个国家还有另一位诺贝尔奖获得者，名叫阿瑟·路易斯，曾获诺贝尔经济学奖。广场四周是老式的西印度群岛风格的旧式房屋，城区就是从这里开始向外发展起来的。

出城区，沿盘山公路向上攀爬，车窗外是著名的海湾，被陡峭、丛生的树木包围，透过树的缝隙可俯瞰卡斯特里小镇，风光十分秀美。

当汽车掠过右边的旧总督官邸之后，一脚油门随即登上财富山头。站在山顶看到几门大炮和破旧的房子，还有一座白色的纪念碑。据向导卢女士介绍，这是英法战争遗址，被保存了下来。1796 年，英国军队第 27 恩尼斯基伦团的士兵们，经日夜激烈战斗，将法国军队打败，占领了财富山。这场战斗伤亡惨重，是圣卢西亚有史以来最惨烈的一场战役，作战实物存放在夏洛特堡，作战遗址对外开放。谈到战争，卢女士说："圣卢西亚的北边是马提尼克岛，历史上一直由法国控制和占领。因为

圣卢西亚战略位置较好，1639年被英国人占领，1651年法国人掠回，自此法国和英国一直争来夺去，岛上的国旗因此变换过14次。最后一仗是1796年打的，英胜法败。该岛直到1979年才获得独立。"说到这里，卢女士又补充了一句话："在我们的国歌中有一句唱词：西方国家为它的争夺已经过去……"

汽车下山后沿西海岸前行，右边是平静的加勒比海，左侧是茂密的

第六章 加勒比海：神秘莫测的海岛世界

山林。经过 20 分钟车程，汽车停靠在海边的安拉雷页渔村。这是一个以打鱼为生的村寨，利用沿海的优势家家户户出海撒网，然后将捕获的鲜鱼出售。在村边，恰遇一个渔民出海打鱼归来，看到满船的长条鱼活蹦乱跳，我便上前采访了这位渔民——

问：您这一船鱼有多重啊？

答：大约 200 多公斤吧！

问：能卖多少钱呢？

答：50 美元。

问：出海多远呢？

答：20 多公里。

问：是您单独出海吗？

答：还有三条船同行。

问：您家几口人呢？年收入多少呢？

答：一万多美元。全家共有 8 口人，

● 圣卢西亚优美的海岸风貌

父母、妻子和 4 个孩子。

渔民接受采访后跳进海里，做了一次空手抓活鱼现场表演，使得在场的人大开眼界。

汽车启动了。窗外：山越来越高，树越来越密，海越来越蓝……

穿过大片热带雨林后来到苏弗里耶尔镇，苏弗里耶尔在当地语中意为"硫黄"。镇旁两座秀丽的山峰，如双塔，似箭头，耸立在海岸，拔地而起，直上云霄。太漂亮了！原来，这就是世界自然遗产皮通山。卢女士介绍："皮通山由海中突起的两个火山锥体构成，一座是葛洛斯峰，另一座为佩提峰，海拔分别为770米和743米，两山之间以米顿山脊相连，形体突出，几乎在圣卢西亚每个角落都能看到它，可以说它是圣卢西亚的地标。"

在皮通山附近，我踏访了钻石植物园。这个不足2.4公顷的植物园长满了奇树怪林、奇花异草，还有被称为圣卢西亚的"自然奇观"的钻石瀑布。从火山上流下来的瀑布奔泻而下，那涓涓流水，更凸显了植物园的幽静和清新。钻石植物园景色迷人，多次荣获世界旅游网站评选的大奖！原来，它就出自圣卢西亚这个小小岛国。

圣卢西亚还有一个必去之处是火山硫黄温泉。当驱车靠近这里，一股股硫黄气味扑鼻而来。站在山前，只见山上冒着蒸气，依稀可见水气下的泉眼翻滚着泥浆。据称，这里是世界上唯一可以开车进来参观的

● 世界自然遗产皮通山

第六章　加勒比海：神秘莫测的海岛世界

火山口。火山口面积为3公顷，流出的硫黄水可以治疗多种皮肤病。

摩尔卡巴里农场距离火山不是太远。当我们来到这里，看到参天的椰子树遍布山野。这里其实是一个古老的植物园，建于1713年，至今还存留着过去两个世纪风格的建筑和奴隶的住所：木制房，茅草屋，旁边是富丽堂皇的孟普尔家族的豪宅。这里仍使用毛驴作动力，碾压甘蔗。现场，我品尝了甘蔗鲜汁，非常鲜美甘甜。当我走向种植园时，一位农场工作人员展示了椰子的采摘、剥皮、刮肉和烘干过程。在可可加工房，一位中年妇女正在忙着筛选变质的豆子。在这里踏访，看到的一切都那么古朴原始、环保自然。

夜幕垂降，峰回路转。不到一天的时间，便走完了这个小小的岛国。圣卢西亚，虽然没有什么太多让人感叹之地，但美丽秀气的皮通山给人留下深刻印象，它不愧为联合国教科文组织选定的世界自然遗产，很值得一看！

● 圣卢西亚俊男

"长胡子"岛巴巴多斯

甘蔗林、甘蔗糖、甘蔗酒、风车美女、朗姆酒帅哥、庄园贵族……

这是巴巴多斯国际机场大厅里的宣传画。宣传甘蔗的力度，如此之强！原来，巴巴多斯被称为"甘蔗之国"。

走出机场，当第一脚踏上这片土地，那一望无际的甘蔗林，那耸立在甘蔗林中的一座座豪华庄园，那一处处甘蔗地里的风车，给你的第一感觉是：这是一个生产甘蔗的国家！

巴巴多斯岛是一个小巧玲珑的岛，南北长34公里，东西宽22公里，面积为430平方公里，孤零零横卧在加勒比海向风群岛以东150公里处，实际上它并不在加勒比海之列，而在大西洋之中。1511年，葡萄牙探险家登上此岛，看到岛上郁郁葱葱的树木很多枝条垂下来，像男人的胡子，于是命名为巴巴多斯。"巴巴多斯"在葡萄牙语中意为"长胡子"。

甘蔗是制造蔗糖的原料。巴巴多斯岛上星罗棋布地遍布着很多制糖厂。在向导带领下我们走进博特威尔制糖厂，这是一家较大的工厂，

● 美丽的卡伦海滩

厂院里堆积的甘蔗如山高，装载机穿梭于甘蔗垛之间，非常繁忙。走进车间，粉碎机、碾压机、过滤罐，震耳欲聋，而香甜气味扑面而来，滋润心田。厂长介绍："蔗糖年产量2万吨，主要销往欧洲。"糖厂里还有一个博物馆，展出了创业初期的生产工具，还有原来的风车，那时主要靠风车转动压榨甘蔗。谈到风车，厂长滔滔不绝，他说："风车已成为文物，被保护起来。巴巴多斯有很多风车，其中摩根·刘易斯风车是巴巴多斯最大的风车，有200多年的历史，它已被列入国际保护建筑之中。风车，再现了蔗糖业的发展，也再现了甘蔗种植的历史长河……"

甘蔗可以制糖，还是制酒的极好原料。在巴巴多斯，我还踏访了世界上最古老的朗姆酒庄——凯珊朗姆酒厂。踏入厂门，看到厂院里同样堆着很多甘蔗，粉碎机碾压甘蔗的声音震耳欲聋。在发酵车间、蒸馏车间，几个世纪以来都沿用着古老的工艺流程，酿造出的酒出口欧洲各地，深受欢迎。为何朗姆酒这样让人青睐？主要是它传统的酿造方

● 朗姆酒厂中的制酒机器

法从未改变过。如果追溯这家朗姆酒厂的历史，只要看看厂里挂着的牌子就了然于胸，上面显示的年代为"1703"，距今已有300多年的历史。

在巴巴多斯，最有看点的还是首都布里奇顿，这座10万余人的古城，已被列为世界文化遗产。布里奇顿是英国人1627年来到这里时开始兴建的，至今还保存着当时的建筑。英国在这里统治达300多年之久。

沿着狭窄的街巷行走，感受这里被称为"小英格兰"的浓缩了的英国的历史街道。这是加勒比地区不多见的古老的历史名城，城中有1630年建的圣玛丽教堂、19世纪的犹太会堂、女王公园、巴巴多斯博物馆（由旧"监狱"改造而成）等。

圣迈克尔大街上的民族英雄广场是城区的中心地带，这里汇集了大教堂、议会大楼、喷水池、雕像、张伯伦桥等建筑，是巴巴多斯的政治中心，也是人们聚会休闲的场所。其中19世纪建造的议会大楼和大教堂是采用珊瑚石建成的新哥特式建筑。耸立在卡林内奇港边上的张伯伦桥是布里奇顿的地标，那是1625年英国探险队登陆后发现的一座由印第安人修建的桥，上面绘着鸟、鱼和木槿植物。圣迈克尔大教堂初建于1625年，据说乔治·华盛顿曾于1751年在此做过礼拜。女王公园可谓是绿色满园，其中一棵巨大而久远的古老猴面包树，树身10个人拉起手来也抱不住。

布里奇顿城郊建有一个跑马场，这在整个加勒比地区是少有的，

第六章 加勒比海：神秘莫测的海岛世界

也从一个侧面表明巴巴多斯的富足和安逸。来到这里时，恰遇一场跑马比赛，一个个帅男俊女策马扬鞭飞驰在跑道上，迎来看台上数千名观众的喝彩和鼓掌。

巴巴多斯不仅拥有加勒比地区最大面积的甘蔗田，不仅拥有加勒比为数不多的一处世界文化遗产，还拥有美丽的海岛风光，被英国杂志评为"全球50个必去之地"，被誉为"西印度群岛的疗养院"，其中，以海景沙滩最为著名。在整个国土面积中，巴巴多斯五分之二的面积为沙滩，达180平方公里，沙滩有白色的、粉红色的，还有银色的。其中最好的沙滩为卡伦海滩，位于圣菲利普区，在西海岸中南部，长度为3公里，被公认是"世界十大美丽海滩之一"，对钟情于海滩的

● 跑马场里的比赛及观众

人们来说，这里太具吸引力了。

蔗糖、美酒、沙滩是大自然的恩赐。给巴巴多斯带来繁荣和兴盛的，不仅仅是"甘蔗之国"，还有"旅游王国"。这里有很多神秘的地方，如磁路、怪坡、哈里森洞穴、动物花卉洞、悬崖山庄、萨姆贵族城堡等，吸引世界各地的游客前来观光。

磁路，位于首都布里奇顿的北端，是一段长100多米的柏油马路，坡度为15度。当汽车停在山坡中间，挂上空挡，在失去任何动力的情况下，汽车不是下行，而是上行，自动爬到山坡上，非常奇怪。后经科学家考证，这条磁路附近有一个较强的磁场，故而形成这一独特的现象。

怪坡在巴巴多斯近海。从首都出发20分钟后，坐汽艇来到一个小浮坞附近，再乘潜水艇下去，看到海底有一段奇怪的坡度怪石木柱，坡上长满一米多高的巨大蘑菇状的"小树"，而这些"树"只有树干没有

● 矗立在崖壁上的悬崖酒店

第六章 加勒比海：神秘莫测的海岛世界

树叶，颜色为灰白色。当地人称之为"怪石林"。

哈里森洞穴处在巴巴多斯岛的正中间。让人难以想象的是，在大片热带雨林中，竟然还存在着梦幻般的溶洞。这是巴巴多斯最引人入胜的地方，人们都想到洞穴中看个究竟。洞穴长 1.5 公里，阴森可怕，潮湿而令人胸闷，洞中有很多钟乳石、顶岩、石笋、石柱，里面还有一个地下湖。

动物花卉洞在巴巴多斯岛的最北端。这是因海浪冲击而形成的石洞，面积足有篮球场那么大，尽管石洞中没有乳石之类的石柱，但洞壁上的花纹像手、像拳，形态各异。洞里生长着不同颜色的海葵，美丽异常。洞中还有水池，可以近距离观看摆动着小小触角的"动物花卉"。

几天的巴巴多斯踏访，给人留下深刻印象。临别时，我接受了巴巴多斯国家广播电视台记者的采访，我的感言是：甘蔗，富了一个巴巴多斯；旅游，火了一个巴巴多斯！

再见了！巴巴多斯！这个生产甘蔗的国度！

告别了！巴巴多斯，这个多姿多彩的岛国！

● 巴巴多斯中心广场喷水池及后面的独立纪念碑、大教堂和议会大楼

在格林纳达岛看肉豆蔻

踏上格林纳达这个小小的岛国，一阵阵香草气味便扑面而来，分外芬芳。后才知晓，格林纳达是个香料之国，其肉豆蔻的种植量很大，是世界上第二大生产国，出口量仅次于印度尼西亚。

肉豆蔻，是格林纳达这个岛国的最大亮点。难怪这里被称为"香料岛""豆蔻岛"呢！

"娉娉袅袅十三余，豆蔻梢头二月初"。这是杜牧的一句脍炙人口的诗文。今天来到格林纳达岛才真正见到了豆蔻，又称肉豆蔻。在通往首都圣乔治的山路上，只见漫山遍野的肉豆蔻树郁郁葱葱，比比皆是。树上挂着黄色的果实，敞开一张张笑脸，迎接客人的到来。行车中，看到处处都有"肉豆蔻"的影子：国旗上有肉豆蔻果实，国徽上有豆蔻的式样，马路边、院墙上、门窗上、凉台上、桥栏上都有肉豆蔻图标，连妇女身上穿的、手上戴的、头上顶的都是肉豆蔻三色。这三种颜色分别为黄、红、绿，黄是肉豆蔻的果实，红是种子，绿是叶子。

第六章 加勒比海：神秘莫测的海岛世界

豆蔻加工厂前的欢迎者手拿豆蔻又唱又跳

据向导贝利斯介绍："肉豆蔻是格林纳达的国宝，在格林纳达人的心目中太重要了，小伙子谈对象，姑娘找夫婿，首先要看家中肉豆蔻树的种植量。"

肉豆蔻树浑身是宝，尤其是果实，不仅可以做香料，还可以入药，作麻醉剂、防腐剂，是一种紧缺的原料。

行路中，我特意参观了路边一家肉豆蔻加工厂。院内，堆满了肉豆蔻原料，车间、办公室、展厅的墙上挂满了肉豆蔻的画图，展厅里布满了用肉豆蔻制作的豆蔻酱、豆蔻汁、豆蔻冻等产品。厂长是一位女士，她说："我们的产品主要销往美国，市场需求量很大，尤其是肉豆蔻香料供不应求。"她请参观的客人一一品尝，还拿来新鲜的

● 卖豆蔻的少女

289

去|北|美 Go to North America

● 豆蔻树局部特写

● 苍翠的豆蔻树

肉豆蔻果实供人们欣赏。肉豆蔻外形像杏一样，切开两瓣果肉，中间夹着一颗深红色的带有网线的假种皮，里面包裹着棕色的种子，煞是好看。厂长介绍："肉豆蔻是一位医生从印度尼西亚引进来的，当初他只带来两粒肉豆蔻种子，几经发展，现在格林纳达成了世界上最大的肉豆蔻产地之一。"

走出厂门，一群兜售纪念品的小姑娘围过来，手中拿着用肉豆蔻籽串成的项链，看上去美观大方，又自然环保。向导贝利斯说："带上肉豆蔻项链是一种美满幸福的象征。"听他这么一讲，在场的人都动心了，纷纷购买，同时和小姑娘们合影。这些姑娘打扮得非常漂亮，尤其是全身上下包括头顶，都有肉豆蔻的标识，简直成了"豆蔻少女"，真可谓名副其实的"豆蔻年华"！

第六章　加勒比海：神秘莫测的海岛世界

从机场到首都圣乔治有半个多小时的车程。进入这个仅有一万多人的小城镇后，倍感纯净、幽雅。这是一个港城，依山临海，殖民时期的建筑错落有致。向导兼翻译贝利斯介绍："圣乔治是为纪念英王乔治三世而起的名字，这里有许多圣乔治时代的建筑，如圣乔治堡垒、圣乔治教堂及圣乔治总督官邸等，殖民时期风格的建筑很多，是因为这个国家长时期被外来势力侵占。该岛自1498年被哥伦布发现后，起初由法国人统治，1783年变为英国殖民地，直到1974年才脱离英国而获得独立。"

圣乔治堡垒耸立在一座山顶上。当盘山而上登临堡顶，俯瞰整个城区，很是壮观。那马蹄形的港湾，那红瓦覆盖的房屋，那曲线式高低不平的街道，那昔日关押犯人的监狱一一展现在眼前。这座堡垒实际是为了防御外来势力而建的一个要塞，虽然已经残缺不全，但从保留的城墙、城门看，仍显示着其雄伟

● 格林纳达的地标古城堡

● 旧总督府

▲ 从城堡上俯瞰首都全貌

庄严。

我们从堡垒下来后开始环岛行。格林纳达是个主岛，长34公里，宽19公里，面积310平方公里，为石榴状，仰卧于向风群岛最南端。我们首先来到一处旧飞机场，只见被炸的机身躺在草丛中，锈成一堆废铁。向导贝利斯说："这是20世纪80年代的一场战争造成的。"接着他介绍了当时作战的情况。

格林纳达独立后，以埃利克·盖里为总理的政府奉行亲美政策，引起在野党的不满。1979年，以莫里斯·毕晓普为首的在野党发动政变成立新政府，并奉行亲苏联和古巴的政策。之后，更加强硬的亲苏派相继掌权。这时，将加勒比海视为后院的美国不愿看到这一局势，于1983年10月25日出兵格林纳达，第一炮投向机场。战争只持续4天，美军即全面控制了格林纳达。这场战争是自越南战争失败以来美国最大的一次军事行动。而这场战争也使得格林纳达这个弹丸之地受到全世界瞩目。

环岛行的第二站来到跳崖山。跳崖山耸立在格林纳达最高峰圣卡特琳峰北部的海边，向上看陡峭飞跋，向下看大浪涛涛，十分险峻。为什么叫"跳崖山"呢？贝利斯说："1650年，来自马提克岛上的法国移民用一串珠子项链从当地土豪手中买下了格林纳达岛，引起岛上土著人的不满，于是发生骚乱和冲突。法国人对土著人展开大屠杀，逼迫最后一批加勒比土著人于1651年从这处悬崖上跳海自尽，之后这座山便改称跳崖山。"

大唐湖是格林纳达的火山湖，它高出海平面500多米，周围是苍

第六章 加勒比海：神秘莫测的海岛世界

翠繁茂的热带雨林。这里花草芬芳，百鸟齐鸣，溪流遍布，瀑布迭涌，是一个令人向往的幽静之地。湖边搭建了一个木制观景台，登高望远，云水相间，林海茫茫，是一处极佳的旅游胜地。

格林纳达的山村非常之漂亮。沿途穿过很多村舍，宅院掩映在绿树丛中，色彩简洁明快。行走中还遇到一些奇人怪事。在蒂沃里村中，一个儿童用小车推着一个"假人"沿街叫喊，据说这是在呼唤平安；在玫瑰村旁，见到小溪中的石头被染成五颜六色，据说这是当地人在过"河节"；在戈亚夫村头，村民将临街墙壁以肉豆蔻色彩为主调涂抹，表示吉祥……

格林纳达，不仅仅是一个香料之国、豆蔻之岛，还有着神秘的色彩，奇妙的意境，令人向往，令人回味……

● 火山湖

去|北|美 Go to North America

在特立尼达岛探寻沥青湖

飞机徐徐降落在特立尼达和多巴哥共和国首都西班牙港国际机场。

这是一个充满现代气息的机场,航站楼拔地而起,蔚为壮观。在办理入境手续时,只见墙体上挂有国家艺术馆的巨幅照片,非常独特、漂亮!那是由中国援建而成的。

● 美丽的特立尼达岛

第六章　加勒比海：神秘莫测的海岛世界

初识印象：特立尼达和多巴哥与中国应该关系密切。

接机者是一位女士，她叫阿肯沙，是这次踏访的向导兼翻译。阿肯沙一上汽车便说："很多外国客人来到我们国家第一句话就问，为什么叫西班牙港？好像这个地方属于西班牙。第二句话说这个国家不应该是北美洲的加勒比海地区，它应该属南美洲，因为它几乎在南美洲的帕里亚湾内，距离委内瑞拉仅11公里。第三句话会问这个国家的名字听起来别扭，也太长，中间还加了一个'和'字。"

"是不是感到奇怪呢？这是历史造成的。"阿肯沙介绍。1498年哥伦布来到这里，宣布为西班牙所有，从此开始了西班牙的统治，并于1595年着手建城设都，为此起名西班牙港。首都西班牙港是哥伦布最先登陆的岛，本来这个岛叫"伊利"岛，是当地阿拉瓦克人起的名字，意为"蜂鸟的土地"，而哥伦布登陆后改为"特立尼达"岛，意为"三位一体"，是说此岛有三座山峰是一体的。可见岛名和首都名都源于西班牙殖民者。为什么这个国家的名字如此之长？因为这个国家由两个岛组成，有"双岛之国"的称谓，另一个岛为多巴哥岛。由于这里处于航海重要位置，所以在1626年至1802年期间，英国、法国、荷兰等国之间发生过31次争夺多巴哥岛的战役，直到1889年多巴哥岛才与特立尼达岛合并成一个统一的英国殖民地。1976年宣布独立，成立特立尼达和多巴哥共和国，所以国名较长，中间还加上了一个"和"字。国名偏长并在中间加"和"字的国家在加勒比地区很多，如"圣文森特和格林纳丁斯"等国都是这样，这均源于历史。至于特立尼达和多巴哥归属北美洲加勒比地区，这也是历史的原因。特立尼达岛远古时期本是

去|北|美 Go to North America

● 土著少女

南美洲大陆的一角，大约在一万年以前由于地壳的运动才被分离出来，成为独岛，距南美近在咫尺。所以在感觉上更像是南美洲大陆的一部分。

特立尼达和多巴哥位于小安的列斯群岛最南端。特立尼达岛长80公里，宽61公里，面积为4827平方公里，岛的西南面被称为"蛇口"，西北侧称为"龙口"，与南美洲隔水相望，"两口"都比喻与南美洲太近了。

听完阿肯沙女士的介绍，汽车进入西班牙港城区。走在大街上，满目殖民时期建筑，其中有西班牙风格的二层楼宇，有英国色调的古堡式塔楼，有西印度群岛时尚的俗丽房舍，还有各式各样的教堂和清真寺。在市区，我们去了弗里德里克大街、伍德福德广场、总统府、议会大厦等，之后来到世界最大的环形广场。

环形广场周长4公里，中间是草坪、赛马场、足球场、板球场，

● 西班牙港世界最大环形广场边的环形道

第六章 加勒比海：神秘莫测的海岛世界

是人们休息娱乐的场所，周围是马路。据说，步行一圈需要 45 分钟，可谓世界最大之环形广场。环行广场又叫萨王纳女王公园和皇后公园，是 1817 年英国总督拉尔夫·伍德福德爵士由甘蔗种植农场辟建。

环形广场还是举办狂欢节的地方，特立尼达狂欢节是世界三大狂欢节之一，场面宏大，热闹非凡。特立尼达的狂欢节源于 18 世纪末，由法国移民发起。他们为了庆祝大斋节而举办大型舞会，加上黑人舞蹈，形成大规模的疯狂表演。狂欢节在环形广场拉开帷幕后，会一直持续到高潮，还要进行游行。

沿环形广场顺时针徒步而行，右边是广阔而绿意盎然的皇后公园，左边是拔地而起的建筑群。最为吸引眼球的是广场西侧的 7 座殖民地时期的建筑，座座豪华气派，被称为"七大豪门"。自南而北分别为皇家女王学院、法院、米勒斯弗勒斯、鲁莫、罗马天主教教皇宅邸、白厅、斯托尔迈尔城堡，其建筑形式包括摩尔式、意大利式、新罗马式、法国式、维多利亚式、德国式等，可谓形式各异，多姿多彩，回味无穷。

● 美丽的鸽子角沙滩

特立尼达岛除首都西班牙港外，还有两大看点：一处是北部的阿萨莱特自然中心，另一个地方是南部的彼奇湖。

我们首先从西班牙港起程，向着北部的阿萨莱特自然中心行进。窗外，山峦起伏，林草茂盛。汽车翻过一道道峰岭，穿过一处处雨林，涉过一条条河流，行驶一个多小时后来到目的地。由于林高树多枝密，没有注意到"阿萨莱特自然中心"的牌子，阿肯沙女士带我钻进一个密不透风的观鸟台，进入了一个鸟的世界。只见树上枝下、林间空中到处都是飞鸟，有白鹤、红鹰、黄雀、蜂鸟、唐纳雀、太平关、咬鹃等鸟。当地鸟类专家介绍说："这个自然中心占地80公顷，全部是热带雨林，平均海拔为365米。这里栖息着170多种鸟，还有蛇类、蝴蝶、蚊虫等。"专家说："这个保护区的鸟类有最漂亮的，有最丑陋的，有最勤快的，有最懒惰的，有最忠诚的，还有最毒辣的，等等。其中最漂亮也是人们最喜爱的是蜂鸟。"当我来到另一处观景台，这里是蜂鸟的集结地，满天遍地都是蜂鸟。鸟儿们叽叽喳喳飞来飞去，煞是可爱。蜂鸟是世界上最小的鸟类之一，长着一条细长的尖嘴，羽毛有蓝色、绿色、紫色、黄色，性情温柔，身姿漂亮，有的国家将它作为国鸟。

特立尼达岛不是很大，南北长不到百公里。在阿肯沙女士带领下，我们由北向南行驶，又去了南部的彼奇湖踏访。

彼奇湖位于帕里亚湾圣费尔南多市南部不远处。到达彼奇湖那一刻，真让人大吃一惊，湖中不是水，而是满湖天然沥青。远远望去，湖面如同黑色漆盘，闪闪发光。沥青质地优良，有"乌金"之美誉！大千世界真是无奇不有，这是我第一次见到沥青出自湖中。这里是世界上

第六章 加勒比海：神秘莫测的海岛世界

● 沥青湖一角

● 脚底下踩的是凝固了的沥青湖湖面

最大的沥青产地，湖面达47公顷，深度82米，储量1200万吨。岸边的工作人员介绍："沥青湖是5000万年前由海底生物腐烂残余物质所形成。这些残余物分解成碳氢化合物渗入岩中，随着地壳运动抬升至地球表面，再受太阳热烤后，质地变稠。"我站在湖边，一池黝黑发亮的湖面，像一颗巨大的黑珍珠镶嵌在热带雨林中，别有一番风韵。我细细观看，湖面源源不断涌出沥青，黏黏糊糊。用棍子一挑，臭气立刻扩散开来。据介绍，这里的沥青取之不尽，最初

● 用木棍挑起的黏黏糊糊的沥青

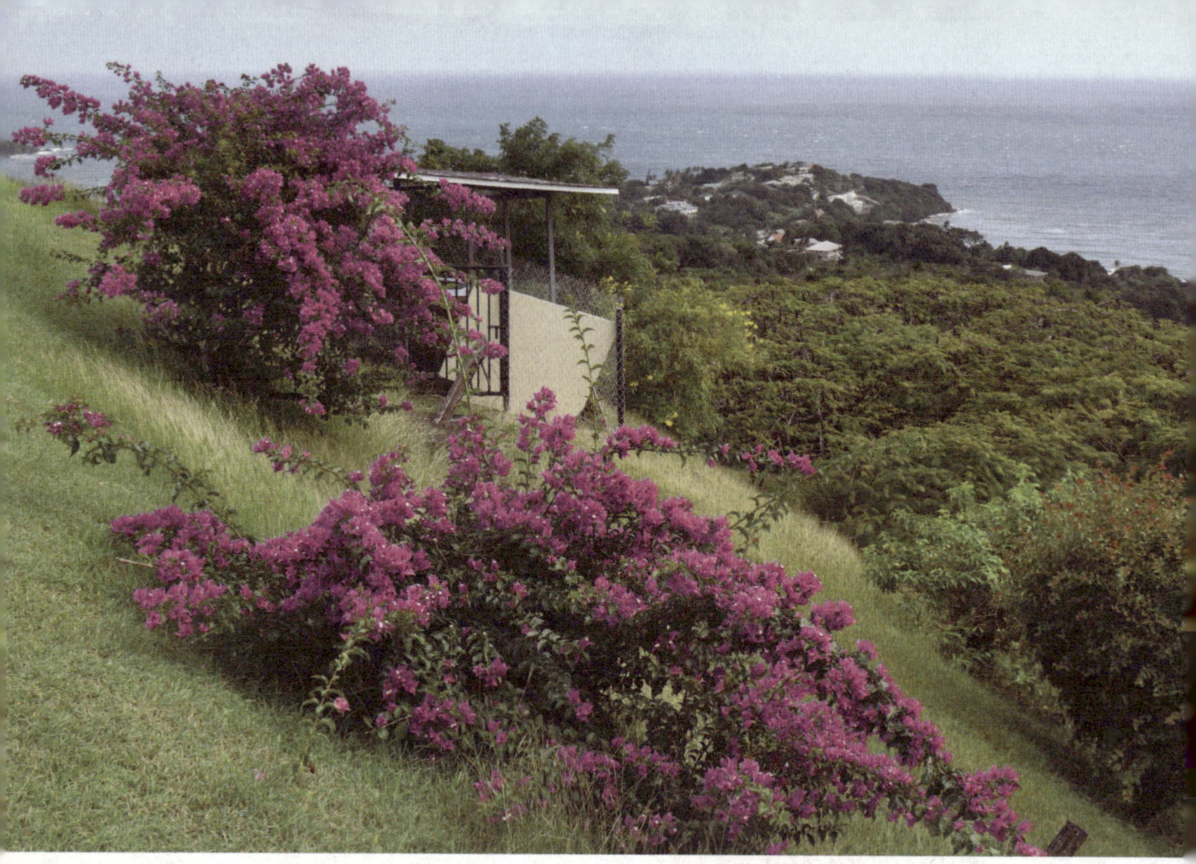

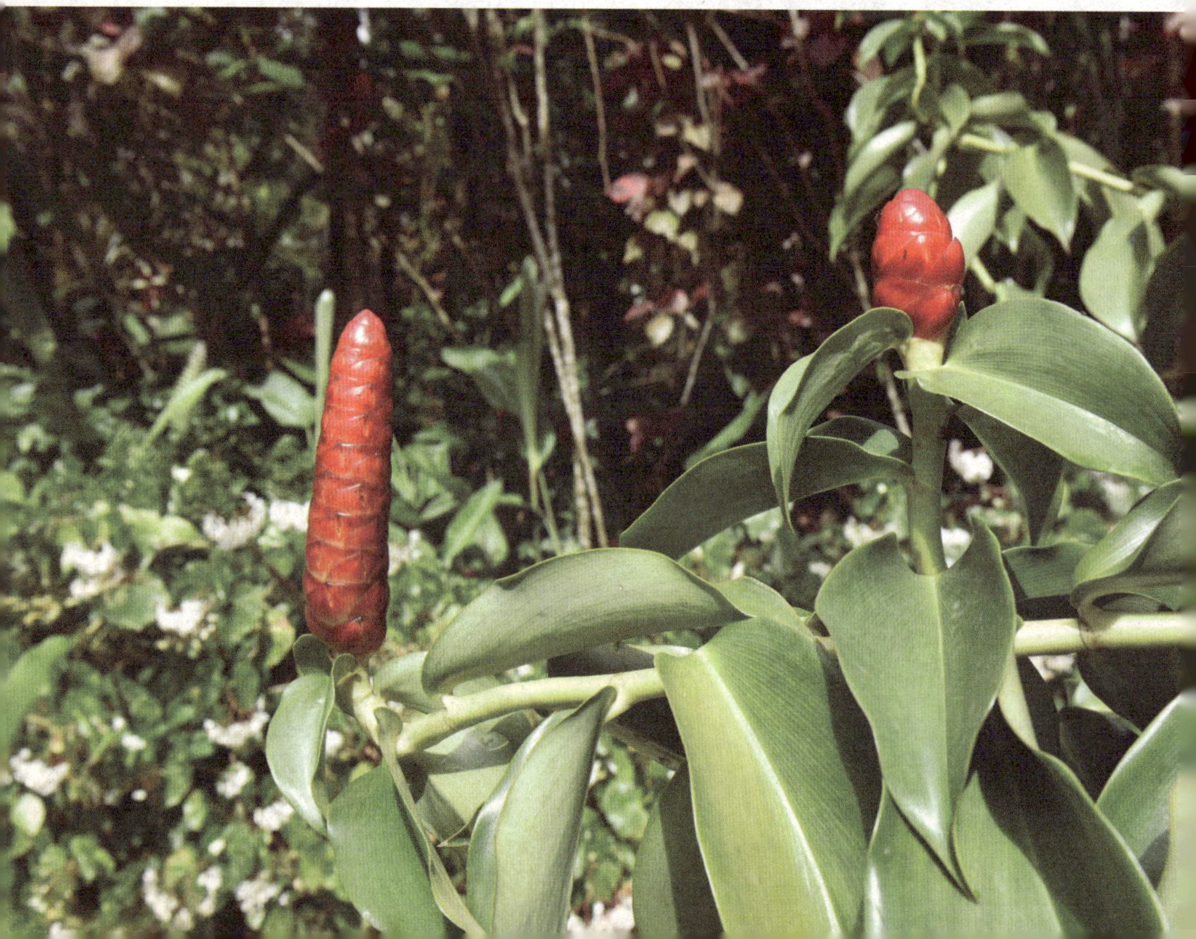

第六章　加勒比海：神秘莫测的海岛世界

曾用于西班牙的帆船捻缝、屋顶黏合和马路照明。巴黎、伦敦和西班牙早年的街道路面沥青都取自此地。目前，中国是最大的进口国。彼奇湖是特立尼达和多巴哥的十大景点之一，每年接待2万多名外国人参观，成为"加勒比地区最丑陋的旅游胜地"！

特立尼达岛，这个被称为"美洲中枢"之地散发着醉人的芬芳！

特立尼达岛，拥有世界独一无二最丑陋的景观，却是"人生50处必去之地"！

温馨提示

加勒比地区已对中国游客开放，大部分岛国对中国公民实行免签，即便不是免签国家，落地签也很方便。再就是这些岛国特别认可美国的签证，只要护照上有美国签证页便会大开绿灯，非常欢迎中国人前往。不过，时下中国还没有开通直航加勒比海地区的航班，需要到第三国转机，美国为首选。这里号称"美国的后花园"，每个岛都是旅游度假观光的极好场所，美国和欧洲在此休闲的人特别多，尤其是老者比比皆是，在此享受人生。至于住地和交通更不必发愁，此地高中低档宾馆皆有，均对游客开放。在吃的方面，中餐馆不少，都是自然环保的，没有任何污染。在购物方面，朗姆酒、海螺壳、木雕、咖啡等都是有特色的上等之品。

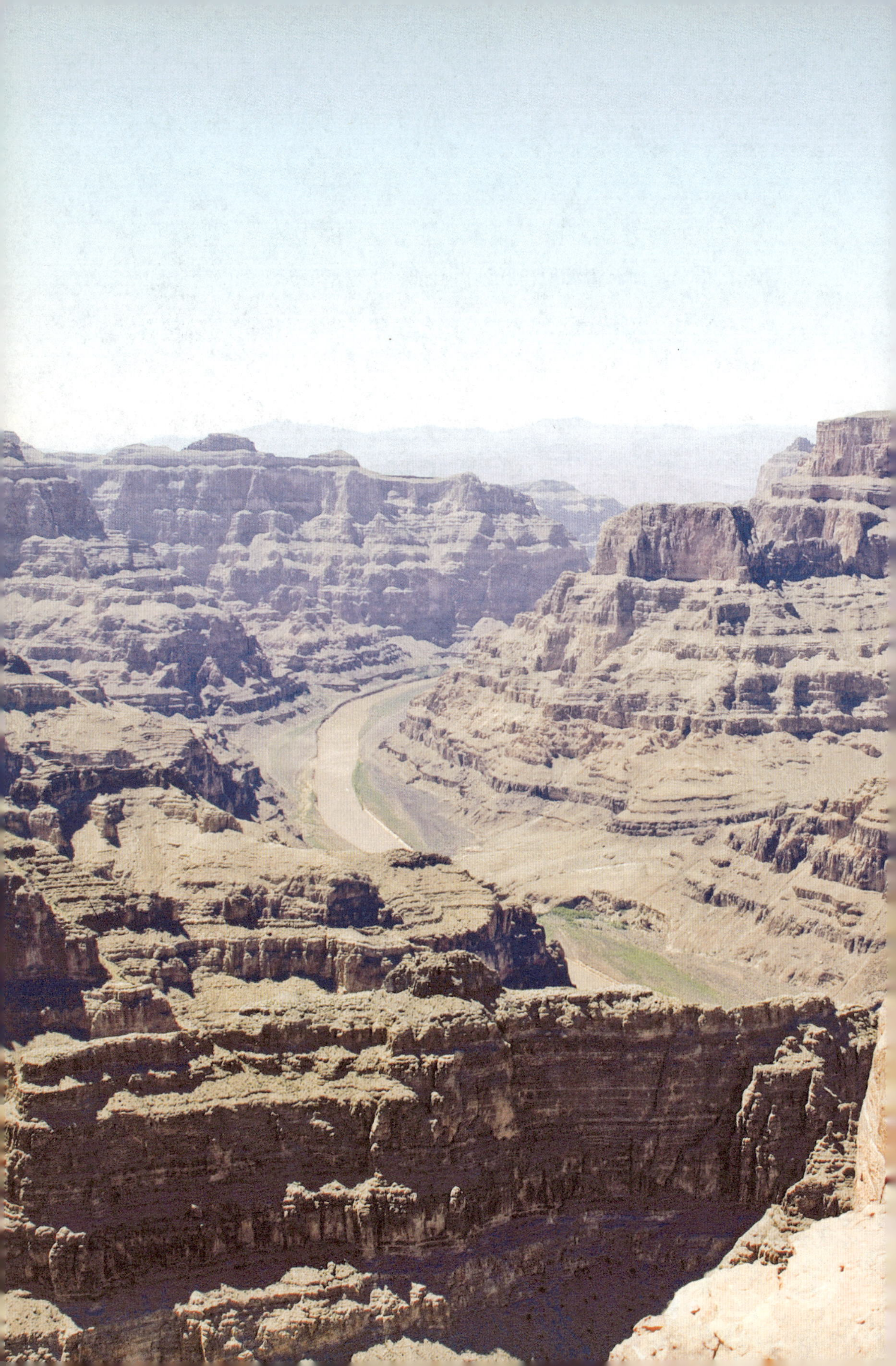

后记 Afterword

走过格陵兰岛"千里冰封，万里雪飘"的冰山世界，穿过加拿大层林尽染、茫茫无边的枫树林，翻过美国悬崖峭壁的科罗拉多大峡谷，跨过墨西哥漫山遍野的仙人掌林，越过平静的巴拿马运河，涉过波光粼粼的加勒比海诸岛，终于结束了整个北美洲之行。

温故而知新。回想起难忘的北美洲之行，我难以克制激动之心，尤其是那些世界之最、地球之罕见和其他地方看不到的独特的秘境，以及当地的风土人情，让我流连忘返，依依不舍，倍加思念……

北美洲和南美洲同在地球的另一面，即地球的背面。不过，北美洲所处的位置是北半球，比南半球的南美洲距我们近了一大截。

北美洲与南美洲有着千丝万缕的联系，除同在地球的一个面上以外，还统称"美洲"。另外，拥有同一个山系即科迪勒拉山系，同被太平洋和大西洋夹击，同一条泛美公路南北穿越，原住民同为印第安人。

前往北美洲，最热门的国家是美国和加拿大，其次是墨西哥、加勒比岛国和中美洲诸国。目前办理到美国和加拿大的签证较为容易，加勒比岛国也开始放行中国公民前往。国内很多商务、旅行社及有关外事部门都可办理手续，但去中美洲诸国比较麻烦。

对于北美洲的踏访，我是分三个板块行走的。第一个是加勒比地区，这个板块共有13个海岛国家和14个地区，第二个是中美洲地峡，这个板块共7个国家。第三是加拿大、美国和墨西哥三个大国及格陵兰、百慕大等地区。

屈指算来，北美洲共计23个国家和17个地区，我基本都走过了。收进《去北美》这本书的为23个国家及少数几个地区，因其他地区都收集在《去加勒比海》和《去中美洲》两本书中，为此这本书就不再列入了。

《去北美》全书共6章、48篇，近20万字，还插进我实地拍摄的400多幅照片，可谓图文并茂。本书能让读者进入现场，慢慢走入一个诗情画意之地，身临其境，感受一个不加修饰的北美洲！

《去北美》是继我的《乡路》《乡情》《乡曲》《春韵》《千山万水》《西藏穿行》《穿越大西北》《行走南极》《去南美》《去加勒比海》《去中美洲》等之后出版的第13部书籍，除此之外，还有一部长篇电视连续剧《先遣连》（编剧），已经在中央电视台一频道晚八点黄金时段正式播出，并获得了"飞天奖"一等奖，这应该是我写作生涯的最高峰。我的多部著作包括电视剧的正式出版和上映，得到了广大读者的好评。

有耕耘就有收获。在这个美丽的季节，将我的《去北美》献给全国的广大读者，献给喜爱读书的人们，这应该是一个记者、作家的责任，是我的希望所在。

《去北美》这本新作即将付梓出版了。这里感谢当代世界出版社的大力支持，感谢丁改生、张晓林、任铁良、黄京玉、杨军义、周林一、吴春梅为我提供我没拍到或没拍好的照片，感谢风景图文的打印和编排。

　　寒雪梅中尽，春风柳上归。在《去北美》新书发行之际，我愿捧起一把格陵兰北极圈的冰花，舀一勺巴拿马运河的清水，摘一束加勒比海岛上的鲜花，殷切献给全国的广大读者们！

作者：王喜民
2017年6月2日于北京